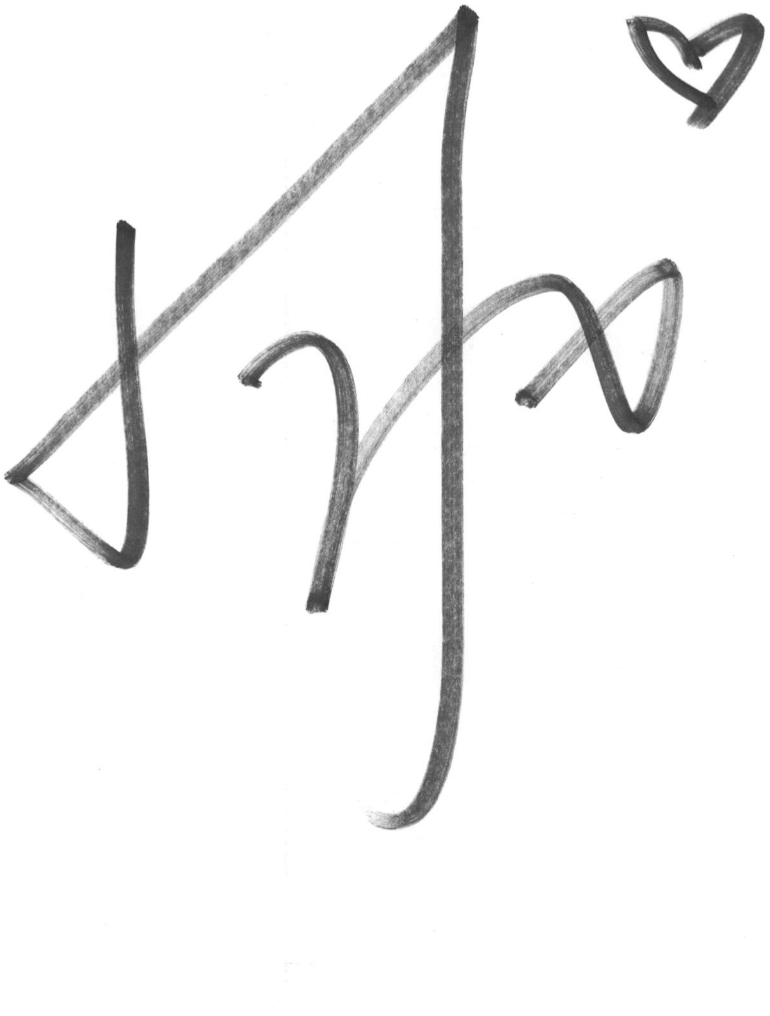

一个人的小小酒馆

等你到零点零一分

小北 主编

图书在版编目（CIP）数据

一个人的小小酒馆 / 小北主编. -- 北京：北京时代华文书局，2018.7
ISBN 978-7-5699-2389-6

Ⅰ. ①一… Ⅱ. ①小… Ⅲ. ①故事－作品集－中国－当代 Ⅳ. ① I247.81

中国版本图书馆 CIP 数据核字（2018）第 075755 号

一个人的小小酒馆
Yige Ren De Xiaoxiao Jiuguan

主　　编	小　北
出 版 人	王训海
选题策划	田晓辰
责任编辑	田晓辰
装帧设计	Recns　段文辉
封面插画	Lost7
插图摄影	雨亦书 Sama　刘雨果
责任印制	刘　银　范玉洁

出版发行 | 北京时代华文书局 http://www.bjsdsj.com.cn
　　　　　北京市东城区安定门外大街 138 号皇城国际大厦 A 座 8 楼
　　　　　邮编：100011　电话：010-64267955　64267677

印　　刷 | 固安县京平诚乾印刷有限公司　电话：0316-6170166
（如发现印装质量问题，请与印刷厂联系调换）

开　　本	880mm×1230mm　1/32	印　张	7	字　数	202 千字
版　　次	2018 年 7 月第 1 版	印　次	2018 年 7 月第 1 次印刷
书　　号	ISBN 978-7-5699-2389-6
定　　价	45.00 元

版权所有，侵权必究

序　遇见你，在每晚零点零一分 | 小北

1.

巴黎时间的零点零一分，国内的你们大部分还在睡梦之中。

我坐在电脑前，敲下了这些字，现在的心情就好像今天晚餐喝到的第戎酒庄的红酒一样。

有些微醺的快乐。"小酒馆"出书了，这个在最开始就在我心中存活了很长时间的"小酒馆"，仿佛一下子鲜活起来，我还记得我拿到新书封面的时候，封面上的那家小酒馆和我记忆中的如出一辙，温馨的小屋子，坐落在浮躁而喧嚣的城市之中，推开门进去，店里放着我最爱的歌，或者偶尔也会放我的晚安节目。

酒馆里，还有一只灰色的英短猫咪，我取名叫九爷，还有我的四位风格不一致但颜值很高的守夜人。

我们等着你，零点零一分，推门而入，进来暖一杯酒，送一个睡前故事。

其实"小酒馆"的号，创立之初，要追溯到2016年的冬天。那年冬天仿佛格外的冷。我们在苏州的工作室更冷，我们每天要裹着厚厚的大衣才能够勉强支撑过冬，可是那天当我蜷缩着身体坐在沙发上，有了做"小酒馆"

的想法，我突然觉得，一下子热起来了。

我们从出创意到最后确定内容，大概用了半个月的时间，成立一个公众号很简单，但把内容做出新意其实很难。

我们试听了很多主播的声音，然后又发布了投票，就为了找出最适合的声音，你们现在听到的一哥、三叔、小五和小七，他们的声音各有特色，风格迥异，当初真的是经过各种推敲的。

在故事的选择上，我们也很看重可读性和共鸣性，我们希望听到的故事是值得分享的，所以你们听到的每一个故事都是我们从上千个故事中挑选出来的，每一个故事都是珍宝，都表达了感情里的不同状态，有太多次，我看他们的故事都红了眼眶。

2.

2016年11月9日，"小酒馆"发了成立以后的第一篇文章，那一天我的心情特别忐忑，深夜还在工作室里盯着后台，想第一时间看到大家的反馈。当我们看到大家肯定的反馈，我们打开了提前准备好的啤酒，开心地碰杯。

现在回想起那个时候，还是觉得，格外美好。那种心无旁骛做一件事情的感觉，这辈子都不会忘。"小酒馆"对我来说，意义非凡，因为我在"小酒馆"那里有了除了"情感主播小北"之外的第二个身份——掌柜的小北。哈哈，一直都有开店的想法，我一直相信自己有一天会真的把小酒馆开起来，然后当上名副其实的掌柜。

当然，那个时候我希望能够在小酒馆遇到更多有趣的人，听到更多难忘的故事，我更希望能够让更多的人知道这家小酒馆，然后把它当成情感的寄托，可以在烦闷的时候来小酒馆里坐坐，喝上一杯。

来到北京之后，我每天都像是一只陀螺，每天除了录音，还有出不完的差，处理不完的琐事，有时候微信里有百条消息都没时间打开，其实有那么一阵我是惶恐的，怕因为忙碌而丢失了我当初的赤诚之心，更害怕找不回我当时做"小酒馆"的热情。

如果说当初是我成立了"小酒馆"，那现在不如说，是"小酒馆"成就了现在的我。

我们都说要保持初心，可是有太多人走着走着就失去了方向，我太害怕出现这样的结果，所以我把"小酒馆"第一篇推文发出去之后，我们举杯庆祝的样子刻在了脑海里。

3.

该怎么形容那种感觉呢？

那就像是踽踽独行的人，突然找到了志同道合的同伴，那种欢欣雀跃是生命里很少有的感动。就是那晚的热情，一直在鞭策着我要做一个对待梦想简单纯粹的人，无论生活发生了怎样的改变，我都不应该忘记，当初那个一腔热血的自己。

所以，我才有了把"小酒馆"的故事从线上搬到线下的想法，我总觉得，把它出成一本书，离我真的开一家小酒馆的梦想更近了一步。我到时候可以把这些书摆在我的酒馆里，然后像最初承诺的那样，请每个故事的主人公来酒馆里坐坐，我为他们免单，但他们要交换一个新的故事给我。

这样的场景，只是想想，就能让我笑出声了。

我们每个人都想把自己的生活过得光芒万丈，有些人做到了，有些人没做到，但我觉得，能有自己故事可以说的人，其实都是了不起的人。我们最害怕把生活过成一潭死水，也害怕失去了本该有的生机勃勃，所以我们才拼命去制造很多场遇见，拼命让自己的生活变得厚重起来。

我很感激，"小酒馆"给了我这样一个机会，或者说，我的很多观念因为"小酒馆"，重塑了。丝毫不夸张地讲，我在这成百上千的故事里，看到了自己，看到了不同的人生，也看到了未来的无数种可能。

当然，我更加感激，每一个讲故事的你，以及每晚零点零一分守候在屏幕前的你们，希望我们这次纸墨的相遇会让你觉得更有温度，也希望你们会喜欢这个有点啰唆的掌柜的小北。

我相信，山高水长，我们一定会在我的小酒馆里重逢，到时候请你带着故事来，然后我们一起喝一杯，好吗？

零点零一分，期待你的光临。

目录

01 你一直是我最大的野心

你 /002

让我谢谢你 伴我空欢喜 /014

晚点遇见你 余生都是你 /023

你有没有 奋不顾身爱过一个人 /027

陪伴与懂得 比爱更重要 /032

不好意思 刚认识就喜欢你 /037

等待你到来 我们就相爱 /042

02　我知道，你再也不会回来了

逃 /050

我们还是没能一起走下去 /056

你知道思念一个人的滋味吗？ /066

等一个人 等一个不可能 /072

他爱不爱你 看吵架态度就知道 /078

对不起我不酷 我的喜欢需要回应 /083

往后你就好好住在我心里 /089

03　你只是我的遗憾一场

你只是我的遗憾一场 /096

你不用冷淡 我从未想过纠缠 /106

我喜欢你 就算知道没结果也喜欢 /111

等你忙完了 记得来娶我 /116

没有人会在原地 等你 /122

所有的离开 大概都是因为不爱 /127

算了吧 是我爱累了 /133

04　我不想谢谢你，但我谢谢曾遇见你

带你走向街头 /140

你总会遇见 那个刚刚好的人 /152

多幸运 遇见了一个你 /158

你是我放弃过挣扎过 还想在一起的人 /162

可惜不是你 /167

我们再也回不去了 /173

爱过知情重 醉过知酒浓 /177

05　要么别爱我，要么只爱我

你为什么一直单着 /184

他如果爱你 就会让着你 /188

你刚好丑成了我喜欢的样子 /195

要么别爱我 要么只爱我 /203

饮最烈的酒 放最爱人的手 /210

一哥：

今天早餐是遇见

晚餐是别离

我们一起用了午餐

你做了一道诉说

我为你做了一道聆听

和一杯用笑声和泪水调制的故事

明天早餐

我为你准备了一道幸福

你一直
是我最大
的野心　01

你 | 小北

人一旦错过，接下来只能是马不停蹄地错过，大多数人都未能逃离这个定律。都是红尘中人，免不了俗吗？

王家卫的电影《花样年华》中有这样的一幕：

周慕云回国，去看望顾先生，却是旧时场景，人已非。路过隔壁的时候，他在门前静默了半晌，还是离去。他终是不肯相信，这扇门里会住有旧相识的人。

一场感情在他心底发酵了四年，他再也承受不起。他只能在吴哥窟的石壁上，对着洞口倾诉，然后一把泥土，封住了全部的秘密。

十六曾经说，她很像周慕云。

我其实很害怕写校园故事，总觉得写不好会让人觉得矫情。

那时候的我们啊，都有特异功能。在一群穿着一模一样的校服的男孩子当中，只有那个自己喜欢的人，看起来就像发光一样，即使隔着几百米，也能一眼看见他。

更厉害的是，我们当时还患有不同程度的近视眼。

这世上所有的路，
大概还是要和爱的人一起走，
才是最幸福的吧。

而现在我常跟十六说,那个藏在我心里到处乱窜的小鹿,大概早就撞死了吧。所以,我很羡慕她。

"25号啊,大忙人,这个日子你务必给我空出来,不然我死也不会原谅你。"十六又给我强调了一遍。

25号,还早吧,这才刚过五一,但是照我这种一个月有半个月都在出差的节奏,我还真不确定那个时间的自己到底在哪里。

不过,十六是谁,她说的日子,我就算在联合国,也得赶着飞机奔回来。

十六是我的旧友,她跟我完全不一样,一直都是对什么都无所谓的样子,她没有什么远大理想,宏伟夙愿,她只要喝到了自己喜欢的珍珠奶茶,就觉得人生无憾了。

她说,人生最开心的事情就是犯懒和睡觉,所以她讨厌认识人,也讨厌无聊至极的聚会与社交。

那时候,我们经常聚在一起讨论未来,几个姐妹都在暗自较量着谁的未来更有前途,谁的梦想更值得赞颂。

而她却说,我没有什么特别喜欢的东西,也没什么野心,我只希望多年过去,我还能平静安稳地活着。

我们也以为她可以平静安稳地活着,一直到她遇见了社长。

社长,是我们新生入校的时候,一起遇见的学长。十六对他大概可以算是一见钟情,我们都以为她只是一时起意,谁知道她却动了凡心。

她说:"见他第一面的时候,我就觉得自己很差,很丑,很平凡,我想我大概是喜欢上他了。"

他是学校配音社的社长,但他很明显打破了玩配音的都长得不好看的定律,优秀且帅气,名副其实的校园男神,当年他所在的配音社新入团的社员达到了历史新高,其中就包括了十六和我。

十六是因为心怀不轨,而我,纯粹是被殃及的池鱼。

说真的,当年的十六不能算作漂亮,顶多可以称之为可爱,也不是那种能和所有人都打成一片的人,所以在社里,也只能落个小透明的位置。

社里有定期的默片配音的活动,就是那种将电影片段消音,然后重新配音。

社里选了一个《花样年华》的片段,是周慕云和苏丽珍分离的情节。

为了练习分离的那一段,这部电影十六看了很多遍,很多台词早已背得滚瓜烂熟,但是她依旧没有勇气上台。最后参与配音的,是社长和另一个姑娘。姑娘长得非常好看,片子配得也好,结束的时候,很多人都鼓掌吹哨,仿佛他们就是电影中的男女主角。

看着社长和姑娘站在台上,台下热闹得不行,十六"噌"的一声站了起来,吓得我以为她要去跟社长表白,但是下一秒,她头也不回地冲出了教室。

我急忙追了出去,问她怎么了。

她瘪瘪嘴说:"看着心里难受。"

一个人的
小小酒馆

就算你看起来像是披着铠甲一样无坚不摧,
但有那么一个人,
就是你的软肋,
无论你怎么拼尽全力,
都没法摆脱。

"难受,你就去追啊,你这样躲来躲去,猴年马月才能拐跑社长,你要知道男人都喜欢性感小野猫,你这种纯情小透明顶多只能当配角。"我看不惯她的软弱。

"我知道,只是我一直都觉得自己不够漂亮,不够优秀,性感对于我而言太难了。"她继续哭丧着脸。

"谁让你性感了,那是比喻,你得积极一点,知道吗!"我恨铁不成钢。

"好,积极!"

我们还是在配音社待了下去,我经常翘掉社团活动去别的地儿混,十六却一次不落,积极向上。有时候我们会接受一些理论和技巧的训练,我总是应付了事,十六却铆着劲儿地练习。

有时候她会把社里剪辑好的片段拷回来,戴着耳机不断地重复看,重复听,重复讲。

我说的积极,她这全用在学习上了。

我发现那个自由自在无忧无虑的十六彻底不见了。

我终于看不下去了,跟她说:"你要是真的喜欢他,就朝着有他的地方努力,不要总是拿自己撒气好不好。"

她摘下耳机笑笑说:"我没有拿自己撒气,我就是为了他努力的,我想在退社之前,和他演绎一段,他是男主角,我是女主角,而且,你不知道,学着学着我真的爱上配音了。这种感觉很好,以前我总觉得什么事情都无所谓,我也不在意,但是现在我有自己在意的人和事情了,这可能是很多人都找不到的。"

我看着她认真的样子,突然就觉得有点开心。好在,后来十六的努力并没有让人失望,她从最开始连普通话都说不标准的状况,变成了现在可以胜任很多角色的优质配音师,在社团五周年的时候,她获得机会和社长一同出演。

社长从来不夸任何人,好与坏他都是淡淡的样子。唯独那一次演出结束,他夸了十六,他说十六是一个有能量的姑娘。

后来的故事没有朝着我们希望的方向前进,他们之间还是没有后续。

后来,那个长得好看的姑娘,跟社长走得很近又离得很远了。

后来,社长将自己的位置交给了别人,慢慢淡出了社团的活动。

后来,社长毕业离校,走之前我们所有人一起吃了散伙饭,唯独十六缺席。

那天晚上,十六一个人在寝室里又看了一遍《花样年华》。

丽珍走后,周慕云拿出那粒随身携带的樱红的扣子。丽珍的扣子,遗落在贴着蓝花壁纸的房间里。那是他的房间,曾经有过她的身影。

这几年的周慕云一直患有后遗症。就像他刚到新加坡时,一度爱上那里的榴梿。爱吃榴梿的新客不会回到唐山。

周慕云的心中有一个秘密,没有人可以承担。

十六说,我不想当周慕云了。

你是我慌乱不已手足无措时想要依赖的人，
我是你关爱焦虑永远放不下心的人，
那我们就应该在一起。

毕业后的第一件事情,十六去了社长所在的城市,她说想用最原始的方式,走进他的生活。

那段时间,十六和我的聊天永远都是围绕着他。

"你知道吗,北京很干,他总是会流鼻血,我很想知道怎么样才能帮到他。"

"还有,他吃肉太多,不爱吃蔬菜,我要给他多补充一点维生素。"

"你不知道,他单位那个女同事居然约他看电影,真怪他长得那么好看,真的好想冲上去把他毁容了。"

"哈哈哈,他昨晚喝多了,居然给我打电话了,让我接他回去,你不知道我当时扶着他的那个小心脏啊,怦怦直跳的。"

不知道为什么,每当十六兴致勃勃跟我讲这些的时候,我都莫名地觉得她傻,似乎每一次看见社长满脸笑容,身体健康,活蹦乱跳,对她来说就是一种特别了不起的成就。

每次我都会问:"那你们之间的进展呢?别光顾着对人家好,你对他再好,等到他遇见一个自己喜欢的人,还不是一样被别人拐跑了啊。"

十六信誓旦旦地说:"拐跑就拐跑,那我就把他追回来。反正我觉得,现在没有人比我更适合他了。"

十六很像《摆渡人》里面的小玉,但又绝对不是小玉,她一直在努力着,为着一个人,拼了命地努力着。没爱过的人,怎么会知道幸不幸福。我喜欢看到爱情中美好的样子,哪怕是备胎的付出,也是一种美好,我不喜欢成年人在爱情里面保持冷静和算计的样子。

再后来，我真的得到了十六和社长在一起的消息。

可能连老天都看不过去了吧，所以在背后推了她一把。她一直以为自己对他的好，他是因为感动才选择在一起，可是后来社长说，其实他是真的看见了她绽放光芒的样子。

我们似乎都忘记了，十六早已不是当年的十六了，此时的她，已经不再是那个小透明，她渐渐在网络上，在配音圈里崭露头角，她慢慢地成了圈子里面的大神。她越来越瘦，越来越美，她不再只是可爱，而是变成了真正意义上的漂亮。她已经足够优秀，优秀到能够与那个人并肩而立。

他们在一起之后，社长请我们一起吃饭。

我问他："既然你们都在一起了，我就不怕说了，你当年真的不知道十六喜欢你吗？"

他说："你们不会不知道吧，十六早就跟我表过白了。"

我们都一脸蒙圈，盯着十六，让她老实交代。

原来当年，散伙饭结束之后，社长就收到了十六的一条短信。

短信的内容写着：虽然我知道你很优秀，站得那么高，可我还是想试着踮踮脚尖造出梯子去够一够。

究竟有多喜欢，才能将自己改变得面目全非？面目全非是一个贬义词，可是用在十六的身上完全合理。

我们温柔的，没有追求的，小透明的十六决定从那一刻手持屠龙宝刀，翻山越岭，开荒辟谷，与凶恶的怪兽恶龙决斗，受伤流血苦苦支撑的时候一想到他的王子就满血复活，继续披荆斩棘，无所畏惧。

2017年的5月25日，我受邀去参加他们的婚礼。

结婚致辞上十六看着对面的社长说：

说起来又有点难为情，我啊，依然是那个没有多大宏愿的女孩，一心只想过得平静安稳，与世无争，直到遇见了你，你啊，我心中最完美的你呀，是我这么多年，最大的野心。

让我谢谢你 伴我空欢喜 | 有故事的蒋同学

收到征谷谷微信的时候，我正在用他送给我的卡通陶瓷杯冲茶，热水在杯盖上凝结了一排密密的小水珠，像极了十五岁的征谷谷刚从篮球场回到教室时鼻尖上细细的汗滴。征谷谷发给我的，是一个婚礼纪的链接，他和一个女孩的名字整整齐齐码在一起，名字上边是一张结婚照。农历腊月廿八，这个我暗恋了14年的男人将要结婚了。

这种无能为力却又忍不住遗憾的感觉我曾经有过，在我二十刚出头的年纪。那时候征谷谷在德国做交换生，他和一帮哥们儿一起做着一个"二十挂零"的电台，一群人时不时在电台里唠着身边的事。在一期节目里，征谷谷策划了一场表白，一向吊儿郎当的他一本正经讲着他和那个女孩认识的经过。当时他的哥们儿在电台里操着一口京腔问他："征谷谷，你爱这个姑娘吗？要不然今儿就跟小姐姐表个态呗！"电台里的征谷谷说："小陆，我发誓我爱你，德国的红灯区虽然多，但我会守身如玉，请你等我回来。"那句话我来来回回听了很多遍，二十刚出头的征谷谷散发着和这个年纪不太相符的成熟和幽默，我爱死了这种成熟和幽默，也恨死了这种成熟和幽默不属于我。

二十刚出头的我是征谷谷唯一的女生朋友，我不知道他知不知道我喜欢他，不知道他知不知道我从未错过他的每一期节目。我就这样隔着遥远的地域吃着最遥远的醋，暗恋着这个我豆蔻年华就认识的人。

好像每个女孩的青春里都默默喜欢过一个穿着白衬衣，酷爱打篮球，高高帅帅的男孩子，可是我世界里的征谷谷，最初却是一个瘦瘦小小的调皮孩子。那一年我们都13岁，一米六的我高了征谷谷整整一头。小小的征谷谷很喜欢欺负女孩子，常常把班里的女孩惹得哇哇大哭，但奇怪的是，他从来不欺负我。我虽然个子比同龄人高，但却只有70斤，瘦弱到怪异，话也不太多，几乎没什么朋友。那时候的值日是每个人轮流打扫的，每次轮到我的时候，征谷谷都会留下来帮我擦干净黑板，再把椅子都落好在桌子上，然后从教室后门冲着害羞的我大喊一声："拜拜啦！"

我对他最初的心动，大概都来自于那声稚嫩的"拜拜"吧。后来我有问过他："为什么欺负其他女生，单单对我那么默默无闻地照顾啊？"征谷谷大大咧咧地说："因为你太瘦了啊，我也总得有点同情心吧！"这场藏在我内心的小小悸动，大概都只是我一个人的多情。而征谷谷给予我的，只是他世界里最开始的心软，和演变成后来的温暖的友谊。

读初二的时候，有天放学征谷谷递给了我一张皱皱的纸，上面写了几行他张牙舞爪的字。他一直夸我字写得好，要我替他重抄一遍。那天我把纸捏在手里，到家匆匆吃完饭，郑重其事地坐在书桌前铺展纸张：

"长大以后 现在的我 常常会寂寞
偶尔缱绻 星星闪烁 剩最亮一颗
往事如风 划过夜空 你的歌
跳动音符 熟悉旋律 谁来合……"

那个晚上我花了很久的时间，把这些丝毫没有逻辑关系的句子改顺口，抄了一遍又一遍直到满意为止。第二天递给征谷谷的时候，他一脸气急败坏地问我："你改了？谁让你改的？这是歌词啊！"直到很多年以后，我还记得那一晚我抄写歌词的心跳，记得在征谷谷面前我的脸红，也记得13岁

一个人的小小酒馆

在一起的时候，就好好爱吧。
吃最美味的甜点，喝最香醇的咖啡，
看结局最圆满的电影，
走一段比人生还要长的路。

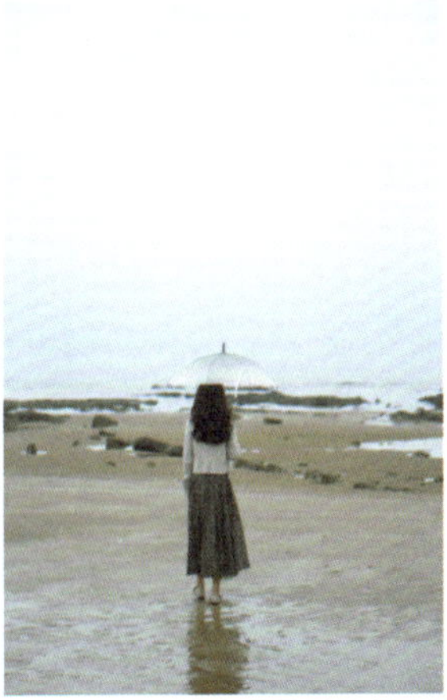

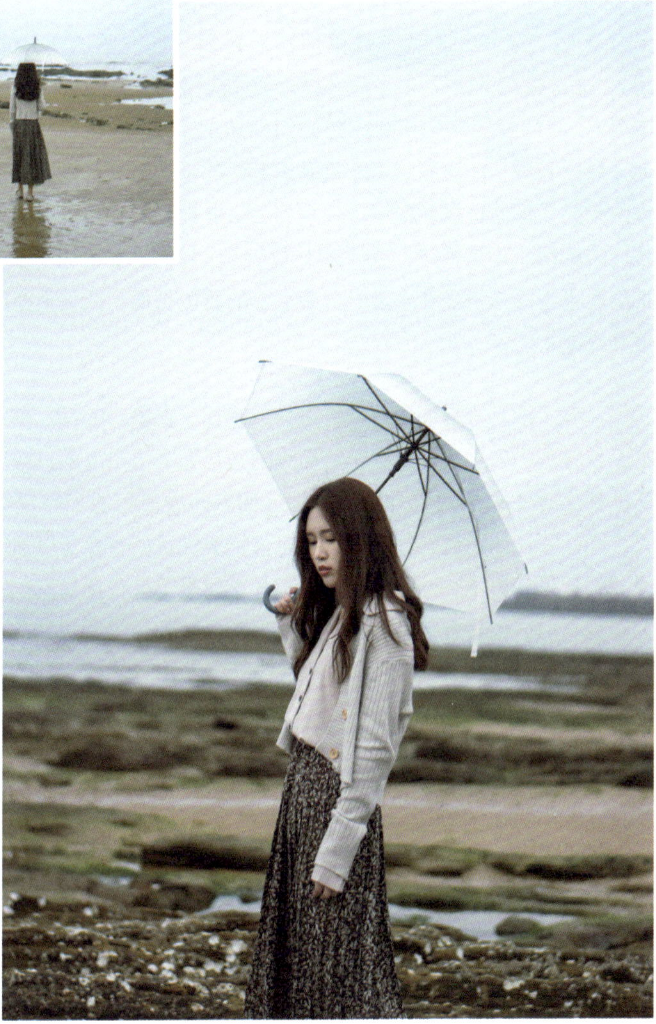

的那个夏天，征谷谷迷上了一个叫许飞的歌手，也爱上了一首叫《那年夏天》的歌。

十几年后的某一天，我在微信朋友圈转发了许飞唱的《父亲写的散文诗》。征谷谷在下面评论："怎么样，我小时候的偶像贼棒吧！是不是很有眼光？"我回复了一个笑脸，想问问他还记不记得《那年夏天》，想告诉他，后来我成长的这些年，一直是沿着他的步调在往前走，我喜欢着他喜欢的歌，了解着他居住的城市，直到后来连他自己都遗忘了的喜好，我都还一一记得。可是最终，我什么都没有说，我怕打扰了这个多年的老友，怕从此再也没办法坐在一起吃一碗家乡的特色长面，我怕他拒绝我，更怕他心疼我。

对了，忘了说，那样调皮的征谷谷，成绩却一直出奇的好。高中的时候，征谷谷考到了省里最好的中学，而我勉勉强强上了中考的分数线，留在偏僻的镇上读书。那时候他每个月都会回家一次，每次回来都会请我喝奶茶，问问我还偏不偏科，有没有早恋。16岁的征谷谷个子突然高了起来，而我却还是老样子，一点没变。我不知道他是不是依然是班里的捣蛋鬼，但在我面前，他好像一下子变成了老大哥，替我分担着压力，也偶尔跟我分享着快乐。

高考前的两个月我接到了征谷谷的电话，他气急败坏地说："喂喂喂！你快去帮我把街头篮球的游戏账号密码改了吧，我都发你了！马上高考了我得学习了啊！你也要好好学啊！"那之后的时间一晃而过，征谷谷吊儿郎当考上了北航，我运气好，在分数线突降20分之后，用三本的分数上了个省内二本。

我和征谷谷的距离，就这样变得更远了，但联系却从未间断。我总能隔三岔五收到他的QQ消息，后来身边很多人都开始用微信，我用的依然是QQ，直到有天征谷谷跟我说："你快下载个微信吧，快加我啊！"那之后我才注册了一个微信号，注册的名字是ZGGNH。傻气的"征谷谷你好"，这么多年过去了，一直改不了也不想改，不知道这个小小的表白他有没有发现。

也是在北京读大学的时候，征谷谷和他的一群好哥们儿做了"二十挂零"。电台总共做了178期，依然没火，可是发生在征谷谷身边的178个零碎故事，我都一次不落地参与了。我偷笑着听他在第一期里说着"哎哟喂，真别说我还有点紧张"，担心地听他用哑哑的嗓音说"今儿我重感冒，少说几句话，你们说就成"，高兴地听他振奋地说"马上要去德国读书啦"，也边疑惑边猜测地听他说"最近心情有点不好"……这些年，征谷谷就是我的理想，我沿着他的路踏踏实实读了几年书，平平淡淡地熬到了研究生毕业，然后和他一样，努力工作，努力生活。我用最愚蠢的默默努力的方式来追逐着他的脚步，缩短着和他之间的距离，但我从来都知道，我只是他一个最为牵挂和心疼的朋友。

征谷谷在电台表白那个他偶遇的女生那天，我发了一条朋友圈说："让我谢谢你，伴我空欢喜。"配图是一个穿着校服的女生，蓝色的校服和我们初中的校服很像很像。很快，征谷谷的头像冒了出来。

他问我："怎么了？谁欺负你了？"

"没有，就是突然有点失落。"我悻悻地说。

"是不是有喜欢的人啦？有事要跟我说啊！"他一本正经地问我。

还好微信看不到表情，听不到声音，我压制住内心的忐忑，装作若无其事地回复他："没事啦，是有喜欢的人了，也因为这个人觉得有点失落。"

那天征谷谷回复我："怎么办呢，总觉得除了我以外的男人都是图谋不轨。

我老是操着嫁女儿的心对你。"

我知道我知道我知道。

我知道我是你世界里小小的一朵花,你怕我受伤帮我挡住风雨,但我却妄想让你变成我世界的太阳。我知道我是你唯一的女生朋友,你把我当作一个需要保护的好朋友,提供给我力所能及的帮助,但我却妄想拥有你的全部。我知道你心里深深地爱着我,就像我一直深深地爱着你,但你的爱就像爱一个家人,而我的爱却像爱一个伴侣。

我知道,我都知道。

所以对征谷谷,我一直没讲实话。我开始编造一个我心里住着一个人的谎话,其实也不算是谎话,只是没告诉他那个人就是他。

时间一晃而过,"二十挂零"已经过去了好几年,眼看就快"三十而立",我和征谷谷依然是最好的朋友。27岁那年,我们初中的班主任老高得了癌。从朋友圈里转发的捐款消息看到了这个噩耗之后，征谷谷发微信问我："咱们叫几个老同学，去看看老高吧。"十几年前六十多个人的大集体，如今只凑到了7个老同学。医院里老高躺在病床上，已经叫不出我们很多人的名字，但是却记得最调皮的征谷谷。

老高老了很多，一脸憔悴，却看着我们止不住地高兴，一个劲儿问我们现在的生活。当着老高的面儿，我们夸大吹嘘着各自的生活，那一刻我的眼前突然闪过那个意气风发的夏天，老高站在讲台上，穿着笔挺的藏蓝呢子大衣，放下书本给我们唱了首《十年》。那一年陈奕迅的《十年》大火，那一年我们初中毕业，那一年老高还一心一意爱着他的职业，那一年我们还穿着校服不计较未来，那一年我们以为十年很长很遥远，谁知道这一天说来就来。

看完老高的那天，我们7个老同学一起吃了顿饭，我故意喝了些酒，借着酒劲儿哭了出来。后来是征谷谷送我回的家，他扶着我的胳膊，一直送我到家楼下，那是我暗恋征谷谷十几年来，离他最近的一次，可哪怕是喝多了酒，我还是不敢牵住他的手，或者是假装来一个站不稳的拥抱。

那天酒醒后手机里多了一条征谷谷的消息，他说："在某一天，回到从前，让他们都出现，但他们没改变。让时钟停在那年的夏天。"还是许飞的《那年夏天》，很多年后的今天，我们都过了那个"为赋新词强说愁"的年纪，过了那个懵懵懂懂的时刻，才真的听懂了这首歌。可是时钟停不住，过去的人没法都出现，我们也没法不改变。

漫长的陪伴里，我不知道征谷谷是否对我有过哪怕一刹那的心动。可是后来，好像都不重要了。我最终也会婚纱席地，也会有人手捧鲜花对我微笑。而在人生的道路里，能有你陪我走过这么长的一段，赠予我欢喜，已然知足。所以，征谷谷你好，让我谢谢你，伴我空欢喜。

对爱情还是有期待,
但对待爱情的态度越来越佛系,
不勉强不爱自己的人,
不纠结爱多或爱少,
也不过分贪恋一个人的好。

晚点遇见你 余生都是你 | 沉水的鲸鱼

2015年的时候我来到了绍兴，在堂姐的帮助下，天上掉馅饼一般找到了一个虽然是老房子但我至今仍很满意的住处。

平常周末的时候养养盆栽，看阳光穿过巷子从窗户打到地板上，读一会儿书或者小憩一阵，也算得上是生活对于一个上班族莫大的厚待了。

我的房东是一对性格极好的老夫妻，儿子一家去了英国很少回来，至今我都没有见过。

有时候想，我大概也得感谢他们这个忙于工作久未归家的儿子，否则二老不会把房间租给我堂姐，然后让我捡了一个大便宜。

周末在家的时候，偶尔陪同这对老夫妻去菜市场买菜。和他们在一起生活让我知道，大概人与人之间的相处，双方都带有交好的心思，这关系啊，其实就可以很温暖不用那么复杂。

房东奶奶本姓周，婚嫁后冠夫姓，人们都叫她李奶奶。那个年代好像和现在不一样，那个时候还兴"以我之姓，冠你之名"，是车马时光都慢，一生刚好够爱一人的年代。

说起李奶奶和她家老爷子的故事，我也是偶尔听李奶奶零零碎碎地说起回忆时，将他们感情的发展串起来的。

01

听说李奶奶家是书香门第,从小在深宅大院里奔跑,这在我见识到她娟丽秀气的毛笔字的时候就深信不疑,只是后来在经历了新中国成立之时的动荡时期便落寞了。

但李爷爷不是,李爷爷是外地人,那时的他没钱没地位,按李奶奶的话讲,就是衣服裤子都要用稻草捆的人。

这样在当时门不当户不对的爱情,想要安安稳稳地在一起,经历一番波折似乎是必然的。

奶奶和老爷子相恋后因为家庭的阻挠分开了三年,这三年里老爷子不知去向,而李奶奶安心守在家里把自己从一个黄花大闺女等成了一个被催婚的未嫁人。

想来这三年对李奶奶来说是最艰难的,在那个时候,一个女人要承受多少舆论,多少压力,才能拿自己的岁月去等一个不确切的未来,等一个人完成他许下的承诺。

我听过古代男人考中状元后娶了丞相之女便抛弃糟糠之妻,也在当今看过一个女人放弃一切扶持男人到他事业如日中天,而后成了下堂之妇。

对比之下,这样踏踏实实,以一心一意为标准的感情,让人觉得,这对老夫妻真是痴情之人,而痴情的人,最终也一定会是有福之人。

后来老爷子成了救死扶伤的医生,听说回来后在村头的那棵柳树下见到李奶奶时竟流下了眼泪。都说男儿有泪不轻弹,但是这样的眼泪至今我是少见人流过的，也从未觉得丢人。

02

有一次跟房东奶奶去买菜的时候，看她一直挑的都是房东爷爷爱吃的菜。

想起以前有人跟我说："他知道我爱看电影，于是请我去看电影，但我拒绝了，因为我知道他不喜欢看电影。"感情甚笃大概就是这个意思吧，双方都甘愿为彼此委屈自己。

那时我八卦地问奶奶，是什么原因让她愿意嫁给当时一穷二白的老爷子。直到现在我还记得当时李奶奶笑着看了我一眼，说："我家老头子人好，有上进心，关键啊，他年轻的时候长得可帅了。"那目光充满了这一生对她自己丈夫的崇拜感。

但可能是人老了，就开始害怕一些小病小痛的。老爷子生了一场病后，奶奶平日里就总是把他放在自己眼皮子底下。干家务活的时候看不见老爷子也会叫唤两声，直到老爷子搭理她为止。

起先我对于这每天必上演的戏码并不理解，直到后来陪老爷子喝茶，老爷子极不耐烦地附和李奶奶的点名之后，像小孩般得意扬扬地跟我说："你看她就是舍不得我，怕我比她先走呢。"然后神情满足地笑着端起了一碗茶。

人到暮年，身边的朋友、亲人越来越少，你是陪我走了半生的人，是我这世上最大的财富，是我的余生。

再叫你名字的时候，声音都变苍老了，你会不会嫌难听呢？但我还是想确认你在我身边，因为你在，世界就在。

03

有时候觉得现在想好好地谈恋爱很难,两个人在一起啊,也是不容易。一帆风顺的故事固然很多,但因人因事变成此生所爱隔山海的结局也不少。

能好好在一起,就不要总是彼此伤害吧,一生太短,遇到喜欢的人就要认真喜欢。

近来天气阴沉沉的,周末出了太阳。睡到十点多钻出被窝,披了件大衣推开窗户想看看阳光好不好,探出头却发现站在不远处台阶上的夫妻两人。

阳光下的他们相对而立,让人难以置信的是他们在猜拳,赢的人往台阶上走。看他们玩着小孩子的游戏玩得不亦乐乎,就觉得那一瞬间房东奶奶的笑好像比这天的阳光还要暖。

每遇到一处风景,每尝到一道美食,每听到一段笑话,都会想要有你在。不管闹多少次别扭,最后还是会因为舍不得而和好如初。

"让你幸福一辈子",这句话听起来总觉得怪怪的,"我们一起变得幸福吧",这才是,我想对你说的话。

手机扫一扫
听酒馆故事

你有没有 奋不顾身爱过一个人 | 肥猫

临沧的冬天已经进入了最冷的阶段，但湛蓝的天空中还是挂着遥不可及的太阳，它依旧用自己博大的胸襟包容着这座四季如春的小城以及在这座小城里生活的我们。

十三以一种慵懒的姿态斜靠在门边，午后的阳光正好打在她短而乱的刘海儿上，有一种不真实的美感。我看了她一眼说："你挡到我的太阳了。"

她挪了挪位置，很久以后才小声地说："西藏现在应该很冷很冷了吧？"我合上手中的书，站起身，看着她的眼睛说："那和你有什么关系？过好你自己的生活就好了。"

她迎上我的目光，怯生生地说："可是，我总是在担心他过得不好。"我愤怒地把手中的书扔在地上，指着她的鼻子骂："活该你过得这么难受。"十三抬起头看着我，苍白的脸上挂满泪水，哽咽着说："你知道的，我有多想他。"

我看着眼前咬着嘴唇努力压制哭声的十三，一时之间竟然开始为自己刚才的失态而觉得歉疚万分，最后我还是妥协地说："如果真的想念就去见一见吧！"

她平静地点点头，把地上的书捡起来放到我的手里，转身进了屋里。她单薄的身影，就像门外那棵刚刚生长起来的小树苗，经不起任何摧残。

十三口中的"他"是给了她无数次希望又让她不断失望，她却还一心一意爱着的许先生。

01

十三和许先生是在参加"大理义工旅行"活动的时候认识的。我没有亲眼见证他们相识的那一瞬间，也不知道十三怎么就会那样义无反顾地喜欢上一个突然闯进自己世界里的陌生人。

我只是听十三说："我一个人蹲在墙边哭的时候，是他给我递了张有茶香味的纸巾。"他们在大理共事二十天，结束义工旅行，许先生回到他的四川，十三回到她的临沧，两个人就通过手机或者手写书信一直保持着联系。

那段时间的十三开心得就像一个六岁的小女孩终于得到了自己心仪已久的毛绒玩具。我问她："你们是在一起了吗？"她落寞地摇了摇头，但立马又无限憧憬地说："以后会在一起的。"

可是，感情里哪来那么多以后。十三忘了，如果他真的喜欢她，就不会让她一直心怀希望又爱而不得。这样一段不对等的关系，总是有人要不停地付出和等待，也要不停地失望和流泪。

许先生来学校看过十三两次。他是那种标准的阳光暖男，能够懂得十三所有的小心思，看起来他是真的对十三好。

吃饭的时候他会记得十三最喜欢的菜，过马路的时候他会走在十三的外侧，喝酒的时候他会贴心地为十三挡下所有的酒,他会在每个月的那几天提醒十三注意饮食,他会纵容十三所有的小脾气。他们都喜欢旅行,许先生每到一处都会记得给十三寄明信片,有时也会带上十三去她想去的地方。

他们看起来那么像情侣,可他们真的只是朋友。

我让十三和许先生讲清楚他们的关系。那天十三鼓足了勇气在电话里对许先生说:"我喜欢你,我们在一起吧。"可是许先生说:"我们现在这样挺好的,谁也不会阻碍谁。"十三带着哭腔说:"可是,我喜欢你啊。"

许先生沉默了很久才回她:"十三,我们是不一样的人。我无牵无挂,潇洒自如。我已经习惯了一个人,虽然在漆黑的午夜,也会为这种孤独感到稍稍的痛楚,但我从未想过要驻足。你不一样,你向往安稳的生活,我做不到。"

十三近乎乞求地说:"我们试一试,好吗?"许先生回她:"就这样吧,你好好过你的生活。"然后就决绝地挂断了电话。

02

后来很长的一段时间里,十三陷入了一种失去的痛苦里无法自拔。我以为他们就那样结束了,许先生继续过他流浪的生活,十三继续过她平静的生活,他们不会再有交集。

但是,有一天我无意间在十三的桌上看到许先生从拉萨寄来的明信片,他说:"十三,我来西藏了,这里的太阳很刺眼。"我拿着明信片去质问十三:"为什么还要和他联系?"

十三像犯了错的孩子一样，说："我真的很喜欢他啊。我也想各自安好，再无联系，可是只要他一来找我，我就无处可逃。我知道我们不可能在一起，可是只要能和他有一点点的联系，我就什么都无所谓了。"

十三和许先生纠缠不清的关系里，不停寻找希望的是十三，不断被伤害的也是十三，可是她还是愿意追着许先生跑。

感情很多时候只是一个人的事情，和任何人无关，爱或者不爱都只能自行了断。伤口是别人给的耻辱，同时也是自己坚持的幻觉。

我没再劝她，我想：等囤积够了失望，她也就不会再爱了吧。

后来，十三和我说，许先生去了西藏，现在在墨脱当志愿者。许先生走的时候对十三说："十三，记得给我写信，你知道的，我最喜欢看你写的信，每一个字都是跳动的精灵。"

许先生去了西藏以后，给他写信成了十三想念他的唯一方式。一封又一封，蓝色的信纸都已经堆满了一个纸盒，可是十三没有寄出去一封。她说："我知道，即使我把信全寄出去他也不会回来。"

03

许先生去了那么久，寄来过两张明信片。一张说："十三，我来西藏了，这里的太阳很刺眼。"另一张说："十三，冬天来了，这里变得很冷，但可以看到银装素裹的雪山。你那里冷吗？我很想念你。"十三看到那句"我很想念你"又萌生了希望，决定去西藏找许先生，所有人的劝告她都听不进去。

她总是这样，一遇到许先生，明知道会失望，却还是愿意选择盲目。

我问十三怕不怕这次的追逐依旧是一无所获，她说："我只要想到他在那里，就什么都不怕了。也许，他已经厌倦了漂泊和孤独，突然想要一个归属，我愿意陪着他。但如果他还想继续流浪，我也会继续等着他。"

我们都无法预知十三的这趟西藏行会不会把许先生带回来，但是那又有什么关系呢？

十三说："在这样的年纪里，遇到一个能让我愿意为他翻山越岭的人，我会选择义无反顾。即使结局仍旧是花开两朵，天各一方，我还是愿意跨越人山人海去拥抱他。"

十三拒绝我的陪同，一个人订了去西藏的火车票，她说她想为许先生最后勇敢一次，以后可能再也遇不到一个能让她翻山越岭去寻找的人了。

许先生发了条朋友圈说："和你在一起的时候，我能得到最为真实的快乐，我在这里等你一起看一场雪，然后一起回家。以后换我为你翻山越岭。"

手机扫一扫
听酒馆故事

陪伴与懂得 比爱更重要 | 尘宴

小风上完培训课从高安大厦走出来的时候，天色已经晚了。只好瞎挥手，看看有哪辆的士停下来载她，没等来的士，倒是招来了摩的。

白衬衫、牛仔裤、帆布鞋、平头，干干净净的样子，不算好看，却浑身散发着自然的亲切，是一个看起来不像是开摩的的小伙子。

夜风温柔惹人醉。男孩的衬衫被风吹得鼓鼓的，后座的小风闻着舒肤佳的味道，忍不住地和他搭起话来。

这才知道男孩白天在4S店当销售，晚上有空就出来当摩的司机。一听就觉得是个积极努力的人，小风不由得心生好感。

两人聊着聊着，不知不觉目的地就到了，小风下车付了钱，道谢。刚转身走进小巷里，"咚"的一声闷响，跌进一个突如其来的黑洞。小风被吓得叫出了声，摩的男孩闻声赶来，蹲下身来，双手用力拉起井里的小风。

见到小风头发凌乱，衣服被磨破，裤子被污水浸洗。哪有人长这么大了还冒冒失失的，这么大的洞都看不见就跌进去？两人对望了两秒，摩的男孩先笑了，小风忍不住也笑了，昏暗的小巷里回荡着两个人爽朗的笑声。

"你家在哪儿？我扶你上去吧。"

要不要告诉他呢？还是告诉他吧，会跑过来救自己的估计也不是什么坏人。小风心想着，脱口而出："前面和安居三楼。你……叫什么名字？"

"徐航。"

小风借着要感谢徐航的相救要到了他的微信，联系不断。在家休养期间，徐航也来看过她几次，带的东西一次比一次多，停留时间一次比一次长。一来二去，两个人的故事就正式开始了。

01

在咖啡馆里，小风和我讲起这件事的时候，我都不敢相信，单身多年谨慎如她竟然这么轻易地就被摩的仔泡走了。要是被当年那群买早餐、送情书、赠玫瑰也没能攻陷她的男人们知道，估计是想跳楼的心都有了。

结果她是这样回答我的："爱情就是这么莫名其妙啊，让人来不及反应就做出了最直接的回应。我和他一起完全是跟着自己的心走。"

小风的恋爱谈得既高调又甜蜜，时常在朋友圈里见到她晒幸福：

情人节的西餐厅，徐航用玫瑰花在餐桌上围成一个爱心，爱心中间摆着一只卡西欧的手表，附上卡片"我爱宝贝"；冬天的大街，徐航脱下外套给她穿，冷得发抖还说小风暖了他就暖了；春节的花街，热闹非凡，徐航和小风相拥着自拍，人比花娇；夏日的电影院里，两人双手比成心形，在电影票上画出了爱；三楼小公寓里，徐航的腿上是小风架着的脚，小风的脚上是趴着的猫咪，小风说生活的幸福不过如此……

小风的幸福和甜蜜成为朋友圈里大家习以为常的风景。

所以，我没有想到有一天我见到小风，会是在那样的情景之下。

酒吧里五颜六色的灯光在头上转着，震耳欲聋的音乐声像重锤一样砸在人的心上。如果不是朋友婚礼的下半场约在酒吧里，我是打死也不会三更半夜不睡美容觉还出现在这里的。

我居然在这里见到了两年没见的小风。她穿着背心和热裤，脸上化着大浓妆，手上拿着烟，时而吞云吐雾时而和旁人说话大笑，身边却不见徐航的身影。我差点不敢认她，但她眉间的那颗痣告诉我真的就是她。

我和朋友打了声招呼先离开，出门后我打了电话给小风："我在苏菲酒吧门口，我们去走走吧。"

化着浓妆的小风在路灯的阴影下，有点女鬼的既视感，不过仍是好看的女鬼。以我对她的了解，她一定是遇到了什么事。

我突然想起好久没有见到她朋友圈的更新了，她和徐航的恩爱动态好像是一期明星八卦的杂志，过了热度就没有人关注了。

02

甜蜜的日子夹杂着小吵小闹，谁也没有想到小吵小闹导致的负面情绪会有那么严重的后果。

有一天她和徐航吵架了，徐航赌气上班，在替人试驾的时候把刹车踩成油门，撞上了路边的防护栏，防护栏插穿了车窗玻璃，他躲闪不及遭到重创，右耳鼓膜直接破裂，轻微脑震荡，脸部外伤。

小风赶到现场的时候，看到满脸是血的徐航，悔得肠子都青了，哭得差点背过气。

徐航是单亲家庭，父亲去世早，母亲在一家五星级酒店当清洁工。徐航住院期间，徐妈来看他，一直掉眼泪说自己命苦。徐航有时沉默不语，安静得像一个没有情绪的机器人，有时则像一个暴怒的狮子，好像随时可以吃掉人。

现实像一把锋利的剪刀把小风的心剪得稀巴烂。但她已经没有时间去顾及自己的心了。她忙着照顾徐航，忙着安慰徐妈，忙着努力赚钱，白天在公司上班，晚上到酒吧做大堂经理，说是经理，不过是陪人喝酒的小妹。

或许已经过了最难熬的时刻，小风和我讲起这些时，没有哭泣没有抱怨。我在她淡淡的语气里听出她的坚韧和伟大。

我听得心里隐隐作痛。我责怪她没有早点告诉我，我可以帮她的。但我知道，其实更应该责怪的是我自己，知道她幸福就不闻不问，这样的态度直接造成我对她的痛苦也一无所知。

"不要再来酒吧工作了！你不是会平面设计吗？我们公司正好缺兼职，可以在家办公，你来试试吧。"我想，给她实质性的帮助才是我目前最该做的。

之后的日子，小风辞去酒吧的工作，继续着之前的生活步调，一边照顾徐航一边努力赚钱。我借着工作之便常去看她，看她过得怎么样，徐航有没有恢复，两个人的感情能不能像以前那样好……

03

幸好上帝怜爱每一个好姑娘，不忍心一直亏待她。

徐航因右耳失聪结识了一群身残志坚的朋友。他们在小城的电台里做了一个残疾人的电台节目，叫作"与你同在"，邀请徐航加入他们，组织策划电台每期节目内容，给更多的残疾人送去心灵的安慰。

小风的平面设计做得越来越有个性，不少杂志都慕名前去邀稿。她还是那么的忙，还是那么的美。

生活步入正轨以后，她的朋友圈继续晒着恩爱和幸福，就像那段灾难时光从未光临过他们的生命一样。而我看到时不再是刷过去就算，而是真心点赞用心评论。

前两天刚参加了他们的婚礼，婚礼上，新郎新娘互相说着动人的誓言。我在贵宾席听得泪流满面。

小风说："爱情就像一个夜盲症在黑暗中小心翼翼地走着，突然被一只温暖的手掌牵起，你没有害怕，也没有退缩，就知道是他了。眼睛看不见的，心都看得见。亦如过去的我们，未来不管是晴天还是雨天，我都陪你。"

是啊，前面的晴天雨天他们都坚持下来了，未来对他们来讲又有何惧呢？我知道，这温暖的手掌不止是徐航给小风的，也是小风给徐航的。

对了，忘了告诉你们，小风这个人有夜盲症。那天晚上就是因为看不见才跌进没盖好的井里，也顺势跌进了这份牵绊一辈子的爱情里。

手机扫一扫
听酒馆故事

不好意思 刚认识就喜欢你 | 尘宴

我走进地铁里，点开微信就收到可可发来的消息："我要结婚了。"

我几乎可以想象她站在我面前讲这句话的神情，一定是满脸的笑意，掩不住的幸福。

我按了几个庆祝的表情，回了她："恭喜你呀，终于修成正果了。"

可可的爱情故事，我是知道的。她和三木之间就是一场命中注定的相遇。

小时候，可可和三木生活在同一座城市，但三木的父母在广东发展，年幼的三木也被父母接到广东去生活。直到三木读高三，因为需要回生源地参加高考，才回到老家。

班主任带着三木走进教室，可可连头都没有抬，周围的人在干什么她都不理会，她正忙着做她的数学题呢。等她解答完最后一道数学题，放下笔时，三木刚好从她身边经过，不小心碰到了她的手肘，笔掉了。两人同时低下头去捡，可可动作快些，起身撞到了三木的下巴。全班都哄笑成一团。

三木面无表情地走到班主任安排的角落里坐着，可可这才发现，班里来了转学生，一个高高瘦瘦的大男孩，冷漠不多言。

三木有个好朋友叫四宝，就住在可可家的对面。三木刚回到老家，父母不在身边，经常会跑去四宝家蹭吃蹭喝。放学回家的可可，要是看到对门多了一双球鞋，那一定是三木的。

四宝和可可从幼儿园开始就同班，总是像跟屁虫一样黏在可可的身后。升入高中后，更是在全班面前扬言要当可可的护花使者，对此，可可的态度是一脸嫌弃加上一句："你又忘记吃药了吧四宝。"四宝就会阴阳怪气地回应："是啊，你还不赶紧来喂我吃药。"可可懒得理他，转身拉着小伙伴去走廊看风景。

01

高三课业繁重，连一贯嬉皮笑脸的四宝也变得正经了许多。可可还是一如既往地认真备战高考，闲来无事就逗逗四宝。至少在三木出现之前，他们的状态是这样的。

三木一来，可可的注意力就放在他的身上。她明里暗里都在打听关于三木的事，知道他数学成绩很好，吃洋葱会过敏，不喜欢和生人讲话……关注得越多，她就越着迷。每次知道三木在对门的四宝家，她都会借故去四宝家串门，有时是问一道数学题，有时是借一本练习册。就连在教室里扔垃圾，都要绕个弯从三木的身旁经过。

四宝看出了可可的心思但没有告诉三木，而是密谋了一次行动，自己先向可可表白。可可拒绝了。她说："四宝，你就像哥哥一样。"

四宝说："可可，我知道你喜欢三木，如果你真想和他有结果的话，就像我一样勇敢表白吧，大不了就是被拒绝而已。"

可可在四宝的鼓动下，决定勇敢一次。

她约了三木在网球场旁见面，大胆地说出了自己对他的爱慕。三木眼神忧郁但语气诚恳，说："可可，四宝是我的好兄弟，我不想伤害他，所以就算我对你有好感，我也不会向你靠近。"

在三木和她擦肩而过的那一刻，可可像泄了气的皮球瘫坐在地，好不容易鼓起的勇气现在都被三木的这番话烧成灰烬。

高考后，四宝去了哈尔滨，可可去了浙江，他们继续上学。而三木选择回到广东创业。

每个人都有每个人的路要走，故事讲到这里，似乎就要走到了尽头。但可可不甘心，她和他之间的故事还没开始就要结束，她不接受这样草率的结局。她决定要为爱勇敢到底。

02

她不间断地和三木保持联系，穿了好看的衣服就拍张美照发给他看；看见微博上推荐的干货好帖，都会第一时间分享给三木看；知道三木创业的不容易，鼓励他要越挫越勇不能轻易放弃。

春去秋来，一年过得比一年快。他们就这样联系着，谁也没提到谈恋爱。

三木开了一家花店，步入正轨后变得很忙碌，有天忙到深夜，回去的时候因为楼道太暗没看清，摔断了脚，要卧床休息两个月。正愁着不知找谁来帮忙看店好，可可提着水果篮就出现在他面前，她说："三木，你好好休养，花店我帮你看。"

"不行,你赶紧回学校上课去。"三木不同意。

"没事,反正这学期我也得出来实习了,你就当我是来你这儿实习的呗。"

三木拗不过可可的坚持,也找不到合适的人选,只好由着可可替他忙前忙后。可可白天忙花店的事情,晚上就到医院陪他说说话,等到适合走动了,就扶着他到医院的楼下散步。

三木出院了,可可也该回学校去办理离校手续了。三木送可可去车站。

傍晚的天色灰灰的,站前都是来来往往的人。三木走路还不是很自然,却坚持帮可可提行李,可可就跟在他的身后慢慢地走着。突然,有只手掌伸过来拉着她的手,可可抬头一看,是面不改色的三木。

三木停下了脚步,用极其认真的表情看着可可:"你听好,有些话我只说一遍。"

"嗯,我听着。"可可点点头。

03

"六年级暑假我去四宝家里玩就喜欢上你了。高三的时候转去你们学校是我要求我爸妈让我去的,因为要看着你我才能在高三的压力下有勇气继续。四宝向你表白实际上是帮我了解你的心意。你向我表白,我拒绝了你,是想让你高考考个好成绩。知道你也喜欢我,我真的很开心,所以我高考完就决定创业,希望快点有能力给你好的未来。现在你就要毕业了,我也有自己的花店,我就想问你,毕业后来我花店当老板娘,好吗?"

三木从来没有一口气讲过这么多的话,显得有些不好意思,但他是清楚的,这番话他在心里排练了无数遍就等今天。

可可先是震惊,然后惊喜,接着是生气。她抡起拳头就往三木的胸膛捶:"你这坏蛋!藏得也太深了吧?你就不怕我被别人拐跑了吗?万一我没有来找你怎么办?"

"就算你没有来到我面前,我也会去到你身边,把你拉进我的未来。"三木说着抱住了可可。

可可曾经无数次想象着三木可以牵起她的手,温柔地看着她,对她说情话,竟在这一刻,都变成了现实。喜欢的人原来也一直在喜欢着自己,这是命运给可可最大的惊喜。

可可趴在三木的肩膀,止不住地流泪。三木在耳边呢喃着:"可可,不要去太久!赶紧回来当花店老板娘,好吗?"

可可郑重地点了点头。

街道两旁的路灯在这一刻被按下了开关,像变魔法一样,全都亮了起来。他们站在一起,不约而同地看着眼前这一幕,都笑了。

故事讲到最后,可可对我说:"勇敢地去追你想要的爱吧,说不定你喜欢的,也正偷偷地喜欢着你。"

手机扫一扫
听酒馆故事

等待你到来 我们就相爱 | 啊李

很久以前陈思就喜欢林复。林复有个外号叫胖子,体贴温柔,幽默诙谐。下雪天会帮陈思撑伞,提沉重的画包,吃水果也会多买一份给她。

当年18岁的陈思不会化妆,也没有各种色号的口红。唯一的特点就是喜欢跟男生一起扎堆儿吹牛,喜欢和他们在一起吃饭喝酒唱歌压马路。

陈思从来不敢跟林复说喜欢他,她害怕会失去一个朋友。

2012年1月,正逢艺考,那个时候同班同学都一起住在考场附近的酒店。林复就住在陈思的隔壁。

最后一场考试结束,陈思跟林复还有另一个同校女生一起坐电梯回房间,陈思轻声地问他:"晚上要去哪儿聚餐?"

林复看了旁边的女生一眼,低头笑着说:"去哪儿都行,你们定。"

陈思突然觉得林复跟那个女生很般配。她第一次发现一个女生化妆打扮是多么重要。那天那个女生涂了橙红色的口红,脸蛋红润,显得整个人迷人又高雅。

陈思不知道当时他们已经在暗送秋波,艺考结束后的一个多月林复就默认了这份感情,可陈思如鲠在喉,只能扯着比哭还难看的笑容对林复说:"恭喜啊恭喜。"

01

高考后,林复一个人请陈思吃了饭。他们在一家饭馆算是完成了简单的告别。陈思想林复自然不明白她的心思,也不明白为什么她不再像以前那样话多,不再温柔地问他未来和远方。

吵闹的饭馆里两个人的话却并不多,林复想张口对陈思说些祝福的话,陈思大口喝完面前的啤酒,挺直了身板,声音有些颤抖地说:"林复……我求你什么都别说,我讨厌告别。"林复的嘴巴张张合合,最后只能点头说:"好……"

后来,陈思留在了南京读书,而林复去了天津。

自此一别,陈思换了所有联系方式,再没有给彼此见面的机会,也没有再打听他的消息。

四年里陈思谈了一次恋爱,对方也是不错的人,可她心里始终有一个特殊的位置,那里再也容不下别人。后来陈思便结束了那份感情。

她想自己对林复的暗恋太过小心翼翼,太过执着倔强。

陈思的好朋友现在是个作家。她曾经问陈思:"如果世界静止了,给你十分钟的时间,你最想做什么?"

陈思看着窗外的风景思绪飘向了远方,说:"回到当初的18岁,对他说一句我喜欢你,亲吻他的脸颊,然后静悄悄地离开。"

"他是谁？"

"一个不会再有什么交集的人。"

后来听许久不见的同学简单地提了一句，林复跟那个女孩在高中毕业没多久就不欢而散。他曾试图找过陈思，可后来一番打听知道当时陈思已经谈恋爱便没有再打扰她。

好朋友还说林复如今已经是一个不错的创业者，听到这些陈思真心地为他感到高兴。说实话，陈思数不清有多少次在梦里梦见林复，梦醒时分会喃喃自语他现在改变了多少呢。

02

王家卫曾经说过："世间所有的相遇，都是久别重逢。"

毕业后陈思留在了南京一家设计公司上班。

七月份，陈思跟同事在一家餐厅跟客户谈业务。上厕所的时候，裙子却被迎面来的小朋友手里的冰激凌蹭上了巧克力，陈思俯身看着小朋友惊慌失措的小眼神，笑着捏了捏他的小脸蛋："调皮的小鬼，大姐姐擦一下就好了，不过下次记得要好好走路咯！"小朋友甜甜地笑着嘴里喊着："谢谢姐姐！"

裙子已经脏了，陈思想这样跟客户见面实在是不礼貌，就想着先拜托同事跟客户谈着，自己回家换衣服。

没等起身，就听见一个熟悉的男性的声音："擦一下吧。"有些茧子的手指夹了一张带着绿茶清香的纸巾递给了陈思。

她猛然抬头，看到了那双温柔又明亮的眸子。

几年不见，陈思以为自己的心早已练就了波澜不惊，可再次相遇的时候，那种密密麻麻的感觉不停地侵蚀着，她的心防又一次崩塌了。

"胖……林复？"陈思起身开口想喊胖子，觉得不妥，赶紧改了过来。

"是我，胖子。"他的眼神多了一份坚定。

"你……你怎么会在这儿？"

林复穿着天青色的休闲衬衫，变得更加有绅士气息，头发理得干净利落，俨然已经是带头者的气派。

"跟你一样，来跟客户谈业务的。"林复扯着嘴角微微地笑着。

"裙子不要紧吗？"林复看着陈思轻声提醒她。

"嗯……要回家换一件。"

"我送你吧，刚好我那边的工作结束了。"

"好。"

陈思面上羞涩，心里却有着说不清的感觉，不自觉地就答应了。

跟客户和同事解释道歉了之后，两人便出了餐厅，林复开车送她回家。

林复边开车边解释因为公司刚刚起步，南京的客户比较多，所以会经常来南京出差。

陈思点头轻声附和。

闷热的空气里夹杂着呼吸声让两个人变得有些尴尬。

到了家林复留了陈思的联系方式，然后目送她上楼才驱车离开。

陈思换好衣服，手机上多了一条新信息："很高兴能再见到你，Miss. Chen。"

陈思小鹿乱撞一样的心再也忍不住了，在床上翻来覆去开始痴痴地笑。然后回复："还请多多指教，Mr.Lin。"

"后来呢？"好朋友问陈思。她笑了。

03

后来林复约她出去看了一场画展。他们边看画边聊天，画廊的尽头，有一块幕布遮了一幅画。林复拉着她的手缓缓地走过去，用力扯开了幕布，是一个穿着白色连衣裙的长发女孩在餐厅里笑着捏着小朋友脸蛋的画像。

那一瞬间，没等林复开口，陈思已经泪如雨下。

林复握紧了陈思的手，轻轻地擦去她的眼泪，说："对不起，让你等了这么多年。"

陈思霎时间泣不成声，仿佛多年种在沙漠里的树终于开出了花。她在心里为林复留的一块地，终于不再有荆棘，开满了玫瑰花。

陈思哽咽着问林复："你怎么知道的？我从没跟别人说过喜欢你。"

"可一个人的眼神和行为不会欺骗人对吗？爱情也许是乍见之欢不如久处不厌。我更后悔从前没有看清自己的心。我后来找过你但听说你有了男朋友，那时候我不优秀，不能给你承诺些什么，我想等我足够优秀的时候再站在你面前，希望不会晚。所以才跟你的朋友打听了你去的餐厅……"

"那小朋友的冰激凌难道也是你故意的？"

"那倒是个意外！"林复露出狡黠的笑容。

陈思哭笑不得地娇嗔："原来是个阴谋，林复！"

"林复是给别人叫的，我更习惯你叫我胖子。"

林复轻轻吻了她的额头，呢喃着："陈思，余生请多多指教。"

陈思上前紧紧抱住林复，这辈子都不想再放开。

《晚秋》里有一句经典的台词："你以为的巧合，其实不过是另外一个人用心的结果。"

愿你的用心良苦，终有一人懂得。

手机扫一扫
听酒馆故事

三叔：

如果一定要给喜欢和爱下个定义

那么喜欢就是各自为战，爱就是同壕战友

而你所谓无意间的对立面却对我刀刀致命

一个无力反抗，一个步步逼近

在这场毫无悬念的战场上足以让我横尸千万次

你是那个胜利者吗

也许你早就严阵以待练习过无数次了

而我，却还想做个降兵

只为了保留那仅存的失败安抚

只为了你还能看见我

TWO

我知道,
你再也
不会回来了
02

逃 | 小北

我们最接近的时候,我跟她之间的距离只有0.01公分,57个小时之后,我爱上了这个女人。

我早年很迷王家卫的《重庆森林》。那时考艺术硕士我把这部电影从头到尾看了无数遍,最后还是没能看明白,后来当我遇见了小香港之后,我似乎有点懂了。

警察223,阿武。他不明白为什么这个世界上,东西总会过期,所以,他不相信他的爱情已经过期,即使已经腐烂了,他还是想保留着它,不会丢弃。

心里面住着一个人,所以总是不自觉地给人一种疏离感。

在我分手后48个小时里,我做了三件事,拉黑前男友,买了漂亮衣服,订了飞往香港的机票。

朋友给我推荐了摄影师小香港。听说长得还蛮帅,我们加了微信之后,一直没见面,直到我订完机票,确定行程发给他后,我还是没能见到他本人。

我被他拒绝见面的理由是,他说他喜欢陌生的感觉,新鲜感,可以让他永葆创作灵感。

我心里暗自发笑,摄影师都这么爱装吗?艺术家的世界果然不能理解啊,不过我也没有计较太多。

他在约定的时间赶到了机场,穿着迷彩外套,黑色牛仔,戴着一副墨镜,背着一个大包,和一个U型枕。

在人群中冲我招手的时候,我第一眼就认出了他,他身上莫名给人一种漂泊了很久的感觉。

"你这刘海儿剪得可真丑。"这是他见我第一面说的第一句话。

"传说中的狗啃刘海儿没见过?这叫潮懂不懂?"我反驳道。

"没关系,我会给你好好拍的。"

不知道为什么,如果一般摄影师说这些话我一定觉得他在调侃我,或者在显摆自己的摄影技术好。但是从小香港的嘴里说出来,却让我莫名地觉得这就是事实。我刘海儿确实丑,他技术确实好。

直男的真诚吧。我只能讲。

我们的飞机延误了一个小时,他从大包里掏出了面包,问我吃不吃,我摇了摇头。

等飞机的过程里,又困又累,他把U型枕拿出来直接放到了我的后面,让我觉得那一刻的他有了一点人情味。

他并没有帮我推行李箱,我也没有强求,毕竟我们关系疏离而平等。

到了香港之后,四天的行程,全是他安排的,我在生活里就是一个白痴,所以他很自觉地包揽所有,买电话卡,充地铁卡,甚至具体到我们今晚要吃什么，我都是听他的安排。

我们入住酒店后的第一餐，他带着我穿越了中环，徒步走到了一兰拉面。说真的，这家拉面非常好吃，一个从不爱吃面的我，吃完了一碗之后还想再点一碗。

结果，被他阻止了。

他说有些东西只适合吃一次。这样，等你下一次再来的时候，才会记忆深刻。

当时的我信以为真，即便现在我早就忘记了那碗面的味道。

他对我说，上次来香港是他一段旅程的最后一站，在青旅认识了不少外国人后，天天晚上都是和他们去兰桂坊"土嗨"，第一次去兰桂坊与他想象中相差甚远，而且大多数老外都是在China Bar对面的7-11买了酒，就在路边自嗨起来了，然后去舞池里跳会儿舞，就这样从一个酒吧玩到另一个酒吧，那天晚上他记得一共去了三四个酒吧，玩到了凌晨四点多吧，回了旅社然后睡觉，第二天继续。

这次来他想去怪兽大楼，也就是传说中的网红楼，他曾经被一组外籍摄影师拍的香港狭窄的天空所吸引，所以想去看看。

我觉得当时他很厉害，什么都懂的样子，不自觉地对他说的这些充满了期待。

后来，我们真的去了那儿，在寸土寸金的香港，鸟笼式的居住空间，让人感觉很压抑。但是他认真拍照的样子，突然让我从心里觉得，那一刻的他，有点酷。

我不知道人与人之间的喜欢，需要用多久的时间，假如说用时间来判定略显俗气的话，那我对小香港的喜欢：

是双层巴士的窗外夜景。

是前往赤柱路上他塞进我耳中的那一首歌。

是长洲岛上那杯没有加糖略显酸涩的冻柠茶。

还是没有看成的迪士尼八点烟火。

有些喜欢，从萌芽时，就注定充满遗憾。

就像迪士尼根本没有我想象中的那么美好，八点的烟火我没有等到。

而他说下一次你跟喜欢的人再来吧。

小香港跟我说，他还忘不掉前女友，最后一次他给她送礼物的时候，他把口红藏到了眼镜盒里，他趁上厕所的间隙，让女友帮他保管。结果回来的时候，看见她抱着眼镜盒狡黠的笑容。

他说他一直记得那个笑容，即使她丢下他去了美国之后，也无法忘记的笑容。

我说："那假如她回国了，你们会和好吗？"

他说："会吧。在她面前，我永远都是妥协的那一方。"

那晚香港的维多利亚港湾美极了，美得我都有点嫉妒了。

我说："不如我们去喝酒吧。"

他说："好。"

我们去了就近的一家酒吧餐厅，我点了三份不同口味的鸡尾酒，他说有点饿，我给他点了三份乌冬面。

我喝酒，他吃面，他跟我说广东话，骗我说他是广东人。

酒过三巡，有些微醺，我们决定步行回酒店。他走在我前面会时不时地回头看我一眼，让我心里多了一丝安全感。我们大概走了半个小时，穿越一条集市的时候，人很多，我莫名地就很想牵着他的手。

但是我忍住了，我借着一点醉意朦胧，调侃他说："你有没有感觉到，我有点喜欢你呢？"

他说："有，但我不喜欢你。"

这一瞬间，我真的很讨厌他的直接，直男拒绝人的方式太不可爱了。

为了给自己一个台阶下，我哈哈笑道："谁喜欢你啊，跟你开玩笑呢。还当真了。"

他没有回复我。

快到酒店的时候，他问我他是一个什么样的人。

我说他是一个优柔寡断的人。

我没说的下一句是：也是一个直截了当的人，唯一正确的直接就是拒绝了一个他不会爱上的我。

我啊,也是一个胆小鬼,如果我喜欢一个不喜欢我的人并且知道他永远不会喜欢我,我不会往前冲的,我只会逃得越来越远。我的骄傲和自尊心驱使着我永远都不会踏进一厢情愿的河流里。

我在感情里,最擅长的就是逃避和伪装了。

都说喜欢一个人是藏不住的,就算嘴上不说,也会从眼睛里冒出来。

他应该感觉到了吧,所以藏在他身上的那份疏离感才会让我觉得愈加明显。

旅行结束之后,他前往泰国,他说要去考潜水证,还想去跳伞。走的时候,我们在香港的机场分道扬镳。

我开玩笑地说:"你又能拍美照在朋友圈显摆了。"

他说:"那你应该看不见了。"

我以为他会删掉我,才会说出这句话,可是后来万万没有想到,是我删掉了他。

2月结束,我决定离开苏州,逃一样地离开。

车路过双湖广场的时候是下午四点钟,我的视网膜开始不受控制地,慢慢潮湿起来。

他没告诉过我他家在哪儿。

我只记得他曾说过:"下午四点的时候,我会去双湖广场的健身房健身,你要想找我,就去那儿吧。"

我们还是没能一起走下去 | 狄仁六

01

林小艾把她最宝贵的猫送给了我,然后头也不回地就走掉了。

那只猫在我怀里低低叫了几声便安静地把头埋进了我的臂弯里。我刚要转身往回走,就看到林小艾又从巷子的转角跑了回来,她看了眼那只正在打着呼噜的猫,眼泪就开始吧嗒吧嗒往下掉,最后索性一屁股坐在地上边哭边说:"人无情,猫也无情。我养了它那么久,它对我却一分不舍都没有。"

这只橘猫是大头送给林小艾的生日礼物,现在他们分手了,大头走了,林小艾也不想再养着它了。

大头走的那天,这只猫还站在门口眼巴巴地盯着大头看。林小艾对他说:"要不你把它带走吧。"大头回她:"这是我送给你的,它应该陪在你身边。"林小艾带着哭腔:"那你当初也说把自己送给我了啊,你不也应该一直陪着我吗?"大头没言语,俯身摸了一下那只猫转头就走了。

"咣当"的一声门响,宣告了这段感情的终结。

分手的第二天,她就在朋友圈说打算要把猫送人了。有好几个人表示想要养，但林小艾却一直鸡蛋里挑骨头似的觉得每个人都不合适。我问她到底是不是真的想送人。她说："真想送，因为一看到它就会想起大头抱着猫懒洋洋地躺在沙发上的样子，但我又舍不得，把它送人了，我和大头就真的没有任何关系了。我们都在一起那么久了，到最后怎么能什么关系都没有呢？"

拖了很久林小艾还是没把猫送出去，她怕大头突然回来见不到猫会难过。

她总觉得大头还会回来的。就像往日里吵架一样，他出去外面溜达一圈，到点了就会提着一个现做的草莓蛋糕站在门口笑嘻嘻地对自己说"小祖宗，我回来了。"毕竟他们是共同经历过很多生活中的风风雨雨的，两个年轻情侣就像二十多年的老夫妻一样互相搀扶着走过了很多艰难的时日。

即使走到今天这个地步，她都从来没有怀疑过大头对她的爱。

02

在认识林小艾之前，大头是做摄影的，整天背着相机到处给一众美女拍照。认识林小艾后，他就放弃了这个看着比较体面轻松的工作，转而跑到建筑工地上从最底层学起。因为林小艾总是不放心把大头放在花丛中，女生与生俱来的敏感和不安在她身上得到了淋漓尽致的体现。大头没怨过她一句，因为他觉得爱就是妥协和理解。

在一起半年后，林小艾单位组织体检，医生告诉她可能患有乳腺癌，需要再做一个全面的检查。她坐在医院大厅里，哭着给大头打电话。半小时后，大头气喘吁吁赶到医院，林小艾就抱着大头哭说："怎么办？要是我真查出什么问题怎么办？"大头不知道说啥好，就一个劲儿地拍着她的背告诉她："没事，还有我呢。"

回家的路上，林小艾憋着眼泪说："大头，要不咱还是分手吧。"大头回她："小艾，要不咱们结婚吧。"林小艾没答应也没拒绝，只是一路哭着回了家。那时候她就想，自己应该是遇到了这个世界上最好的男人了。

后来，林小艾没查出乳腺癌，他们也没结婚，反倒是真的分手了。

分开后，她问过大头当时说那句话是不是只是为了安抚一下自己，并不是真心地想要与她结婚。大头回她："不是的，是真的有认真考虑过。我就想着，要是真的那么不幸运，我不想在医院需要家属签字的时候自己只能在旁边干着急，那个时候我是真想和你一起面对所有。"

可即便他们拥有共同对抗命运的勇气，到最后却还是败给了柴米油盐酱醋茶的平淡。

03

刚开始和大头分手的那个星期，她一声不响地搬离了原来的住处，和所有朋友断了联系。不是把自己关在屋里蒙头大睡，就是一个人跑到酒吧喝个烂醉再跌跌撞撞地走到原来的住处，蹲在楼下的台阶上像往常一样等大头。她也学着大头的样子坐在窗边抽烟，被烟呛得一边咳嗽一边流眼泪，对着那只蜷缩在一旁的猫说："原来这烟那么呛啊，可是他抽烟的样子怎么还是那么从容呢？"

她想让自己变坏一点，那样说不定大头会因为心软就回来了。但彼此都心知肚明，无论她变成什么样，大头都看不到了。

所有人都觉得林小艾有点悲哀，为了一段中途夭折的感情，她正在试图把自己一点一点往悬崖边缘推，别人怎么拉都拉不住。但感情这事谁能说得准呢，道理每个人都是一讲一大堆，可谁也不能真正地理解深陷其中的那种感觉，感同身受这事根本不存在。

一个星期后，林小艾开始重新活跃在朋友圈里。失魂落魄、自我折磨在她身上一点也看不出来，反倒有一种打了一场胜仗凯旋的昂扬斗志。她告诉大家，她新交了一个男朋友，是个一米八五的高富帅。

她说她现在不爱高富帅，但爱是积累的。现在不爱，以后会爱的，比爱大头还要多。

她学着当初大头的样子给高富帅做菜，吃饭的时候高富帅眉头一皱说："亲爱的，我们还是上外边吃吧，又不差钱。"她不听，把所有的菜都扒到自己碗里，一边吃一边说："怎么不是大头做的那个味儿呢？"高富帅问她大头是谁，她没回答，因为她正忙着去擦眼角溢出来的眼泪。

和高富帅一起出去的时候，他到哪儿都喜欢开车，林小艾就跟他说："我们还是走走路好了，就当锻炼身体。"高富帅笑她傻，有车还要走路。林小艾想不明白，走路怎么就算傻了？和大头在一起那会儿他们也经常走路回家，也没觉得有多累啊。有时候她耍赖蹲在地上不愿意起来，大头就会蹲下身让她自己爬到他的背上，说说笑笑很快也就将一条长长的马路走到了尽头。

那么幸福的事，到了高富帅那里怎么就变了样呢？

高富帅常常带着林小艾去逛各种名牌店，但林小艾一看标价就拉着他往外走。高富帅不高兴地数落她："你怎么还是这么小家子气呢？我又不差钱。"她当然知道他不差钱啊,可她总是想起自己和大头省吃俭用凑钱还债的时候,她就会觉得自己对不起大头。

04

她和高富帅在一起一个月后就草草结束了。很遗憾,对高富帅的爱好像无论如何都积累不起来。就像她对大头的想念怎么做都无法抹灭一样。

林小艾以前很相信时间和新欢是治愈失恋的良药,但现在她开始有些怀疑了。新欢有了,时间也积攒起来了,但自己还是很想念大头。

她想见大头一面,但想了好久也想不出一个好的理由,最后她看到大头临走时忘在鞋架上的那把伞。她仔细斟酌了很久,给大头发过去一条微信:"我们见一面吧,我把你忘在家里的东西给你送过去。"很久以后大头才回她:"不用那么麻烦了,如果用不到你就把它们全扔了吧。"林小艾的心猛地紧了一下,大头从来没有对她这般冷漠过。

但一向要强的林小艾这次竟然鬼使神差地说:"那你把我送你的东西还给我吧,我要当面清点。"大头就回了她一个简洁明了的"好"。她觉得自己有点可笑,明明早就看到了结局,却还要在临死前挣扎一番,就好像挣扎这一下会死得更好看一些。

赴约那天,林小艾在家里鼓捣了大半天。虽然他们俩已经分开了,她也知道自己和大头再也回不去了,可她还是担心自己的头发会不会太乱了,脸蛋会不会太油腻了,穿的衣服会不会让他眼前一亮,看上去还会不会是当初他喜欢的样子。

她提早半个小时到了约定地点，以前都是大头等她，这次她想让大头看到她也愿意等他。但那天大头迟到了整整一个小时，所以最后他也不知道林小艾提早等着他。

大头把林小艾送他的东西一样样点给她看，最后说："剃须刀坏了，你要是想要我重新买一个还你。"林小艾愣了一下，她真真切切地感受到了大头对自己设置的防线和距离，那种刻意的疏离和冷漠让她觉得鼻尖泛酸。

林小艾看到大头放在一旁的摄影包，小心翼翼地问他："做回摄影了？"大头点头回她："嗯，还是更适合这行，毕竟是我喜欢的东西。"林小艾本想和他道个歉，当初因为自己让他放弃了那么热爱的东西，但那句"对不起"就是卡在喉咙里说不出来，最后变成了："挺好的。"

大头急着赶回去上班，他起身的时候林小艾鼓起勇气拉住他的手问他："我们，真的只能走到这里了吗？"大头抽回自己的手，头也没回地说："小艾，现在和你在一起我不快乐，其实你也不快乐，咱们谁也别勉强。说不清楚原因，但我们总是吵架，也不是什么不合适，你就当我不爱了吧。还有，你凑钱替我还的贷款我以后会慢慢还你的，那是我欠你的。"

林小艾想要追上去说："我不要那些钱，也不要这些送出去的东西，我只是想要你啊。"但她没有，大头的冷淡已经给这段感情判了死刑，她追多远也没用了。

05

她抱着一箱东西恍恍惚惚走在路上的时候，就在想，两个人明明也是有过那么多为对方付出真心和精力的时候啊，那么多困难的日子都熬过来了，怎么眼看着快要修成正果的时候就突然分道扬镳了？

林小艾记得大头背着贷款那会儿，两个人都特别怕看到清晨微微泛白的天空，因为新的一天意味着他们又要把昨天的穷苦日子再重复一遍。俩人甚至落魄到有同吃一碗泡面的时候，但面大多数都溜进林小艾的肚子里了，因为大头总说："我不爱吃那个面，我就喜欢喝汤，汤才是一碗面的精华。"

有时大家一起出去吃饭的时候，林小艾会盯着那一桌子的佳肴发很久的呆，然后自言自语地说一句："最想念的还是那桶泡面。"其实她想的不是泡面，而是陪着她一起吃泡面的那个人。

林小艾记得大头最喜欢五月天，他们约定好等有时间了就一起去听一场五月天的演唱会。但还没等到那天的时候，他们就分手了。分手的时候，林小艾靠在门边上看正在收拾行李的大头说："我都还没陪你去听五月天的演唱会呢。"大头忙碌的手在床沿上顿了一下回她："其实，演唱会也没那么重要。"林小艾很想问他："那我重不重要呢？"但她没问，答案显而易见，何必在分开的时候还要再彼此中伤一次。

她其实一点也不喜欢五月天，但五月天演唱会门票预售的时候，她还是托人帮她抢了票。她说："没能和他一起去演唱会一直是我心里的一个遗憾，既然他不在身边了，那我就一个人去把这个遗憾缝补完整。"

演唱会上阿信唱《突然好想你》的时候，林小艾拨通了大头的号码，她不知道大头有没有认真地听完，又或者有没有猜出来她一个人来了约定好的演唱会现场，因为等她看手机的时候电话已经被挂断了。

后面的歌她一句都没听进去，一个人躲在狂欢的人群中哭到散场。

那天回去,她发了条朋友圈:"爱情一点也不好玩。"第二天收到大头的微信:"小艾,你要记得不是爱情不好,是我不好。所以,以后你也别刻意地躲着爱情。"林小艾回他:"嗯。"然后把他拖进了黑名单。

她有点怕自己会忍不住再去挽留他,就是那种明知道结果还要死皮赖脸的挽留。她不希望他们的分手,是一场毫无意义的拉锯战。

既然相遇的时间不足以让彼此为对方做停留,那就带着各自的骄傲,各归路途。

06

林小艾辗转换了很多工作,尽量试着淡出有大头的圈子,看上去的确在努力与这段过往撇清关系。但后来,她开始学习摄影了,每天都在朋友圈分享自己新拍的照片,带点当初大头热爱摄影的模样。

她换了种方式来想念大头,有点隐忍和克制,也有点心酸和无奈。

林小艾说她越来越喜欢摄影,但多喜欢一分心里面的自责和愧疚就会增加十分。大头对摄影的热爱肯定要比她多,当初自己却任着性子逼他放弃了他最喜欢的东西。林小艾突然发现,原来自己在这份感情里也曾有过这般可憎的面目。

自从林小艾把大头的联系方式都拉黑以后,他们再也没有见过面。虽然她总是刻意绕很远的路假装途经大头所在的公司,可她连大头的背影都没见过。这座城市在林小艾眼里突然变得很大很大,因为遇见一个人都成了不可能的事。

大头终于主动联系林小艾了,但只是为了告诉她:"我要结婚了。"

林小艾拿在手里的杯子掉在地上,发出清脆刺耳的声音,有点像当初大头离开家时那声"咣当"的关门声,同样都准确无误地震在她心上。她不知道要说些什么才能隐藏自己内心的慌乱和无措,最后只能颤颤巍巍地说一句:"怎么,这么快啊。"电话那端的大头似是云淡风轻地回她:"就觉得合适了。"

后来林小艾回想起那天的场景,她说她不知道自己到底和大头说了些什么,那时候满脑子都是大头不可能再回来了的想法。她死撑了那么久,大头的一句话让她一秒钟就垮了下来。

那天大头除了告诉林小艾他要结婚了,还告诉林小艾:"你去五月天演唱会那天给我打电话,我有听完整首歌,中途我还跟你说了句'我也好想你',但等到整首歌都唱完了,你还是什么都没说。可能那个时候对这段感情还抱有一丝侥幸心理的只是我。但现在,都过去了。"

林小艾想解释事情不是大头想的那样,但大头也说了,都过去了。那就让它过去吧。

虽然他们在一起那会儿,约定过如果分开了,结婚的时候就不要通知对方了。林小艾更是信誓旦旦地说过,如果新娘不是她,她是死也不会去参加大头婚礼的。但真的到了今天,林小艾竟然答应大头:"嗯,婚礼那天我会去的。"那天晚上林小艾哭着对我说:"我现在想,要是当初我查出身体有问题就好了,那样和他结婚的就不会是别人了。"

我们劝她要是觉得心里不好受就不要去了,可她谁的话也不听。她说:"大头从来没见过我留长发的样子,现在我终于蓄起了长发,我就想让他看看。以后怕是再也遇不到了。"

可能只有亲眼看着大头挽着别人的手走进婚礼现场,林小艾才能彻彻底底给这段感情画上一个句号。

参加婚礼前一天,她把那只猫交到了我手里。

拖了将近两年终于决定将那只猫送出去,是因为她知道大头再也不会回来了。

你知道思念一个人的滋味吗？ | Amy

有些未曾说出的想念，闭上双眼就会瞬间凝结，希望它可以被冷藏保鲜没有期限，只愿到下一个世纪溶解。

有些难以忘记的回忆，都是关乎一个人，希望她在外面过得足够好，即使是忍受痛苦的等待。

这世间有种爱，真的谁也替代不了。

钟表发出嘀嗒嘀嗒的声音，已经是晚上九点了。老爸和往常一样坐在客厅的沙发上，呆呆地望着外面，我不忍地对他说道："爸，很晚了，巷子里的灯关了吧。"

他抬起头看了我一眼，"到时间了吗？看样子她今天是不会回来了。"我爸小声地嘀咕着。

每次看到他这副样子，我都很想大声地告诉他："别等了，放弃吧，她不会回来了，永远不会回来了。"因为心疼，所以我只能把这些话生生地憋回肚子里，任由他陷入这种没有希望的死循环里。

我赌气似的，重重地按下大门口的开关。"啪"的一声，外面整个黑了，我突然好想哭。

这些年，我爸从开始的满怀希望到日渐失望始终在等一个人。我爸等的人是我妈，一个离开了很久至今音讯全无的人。

60年代，我爸带着五千块现金坐上了去往丽江的火车。在媒人的介绍下，认识了我妈。关于我爸为什么去南方，后来他亲口告诉我，是因为当时家庭成分不好，女方都不愿意进门，我的爷爷奶奶最后给了他这笔钱，就有了后来的事情。

他在云南待了很长一段时间，然后带着我妈回了山东老家。我的爷爷奶奶以及亲戚都很看不上这个南方媳妇，在老家只是简单地给他们办了仪式吃了酒席。我爸想陪着我妈适应新的环境，可是他要赚钱养家，只能留她一个人待在新家里。

01

我妈是个年轻漂亮的女人，个头高挑，皮肤很白，有一头乌黑亮丽的长发。可是，她不会说话。我的爷爷奶奶是很传统的老人家，他们认为这个新进门的儿媳妇让他们在村子里丢脸了，连带着对亲儿子也有了几分怨气。

所以婚后他们就分家了，我爸放心地在外面做着生意，他觉得这样一来自己的媳妇应该就不会再惹到亲爸亲妈生气了。事实上，从我妈踏进家门的那一刻起，就注定了以后的日子不太平。

其实，我妈心里很清楚公公婆婆不待见自己，甚至感觉得到附近的邻居也不喜欢她。她很努力地为自己辩解，可她不知道自己咿呀乱比画的样子在别人眼里就像个小丑一样滑稽。

不会做饭，不会洗衣服，这些可以慢慢学会的东西也变成了巨大的缺点，被无限放大到了周围人的面前，爷爷奶奶从刚开始的失望逐渐演变成一种厌恶。即使不是生活在同一个屋檐下，婆媳间的争吵还是会有，而且从未间断。

我爸夹在中间，日子很不好过，他索性外出的时候把我妈关在家里。一扇上锁的大门隔绝了我妈和外界的所有联系。

砸东西，我妈用属于自己的方式宣泄着心里的委屈和不满。也是在那个时候，我的爷爷奶奶对她的称呼变成了"疯女人"。我爸觉得自己的行为可能伤害到了我妈，可他找不到更好的办法去平息婆媳间的矛盾。他开始给我妈买很贵的衣服，给她大把的零花钱。

我至今都没有读懂爱情，也不知道究竟什么是婚姻。书里说："喜欢一个人，是不会有痛苦的。爱一个人，却会有绵长的痛苦，但对方所带来的快乐也是世上最大的快乐。"

02

我爸是爱我妈的，这个男人竭尽全力想要给她最好的物质生活。我妈同样也爱我爸，这个女人来到异乡遭受婆家的冷眼还甘愿为他生儿育女。

一年后我出生了，家人很是欢喜。爷爷奶奶兴许真的是被我妈把家砸得惨不忍睹的行为吓坏了，他们坚决不同意她照顾我。我的爸爸拗不过两个老人，而且我妈确实不会照看小孩子，他承诺我妈等我大些就接回来给她，我妈一万个舍不得也还是点了头。

老人家们把我照顾得很好，我妈经常偷跑到小院里来看我，她会从口袋里拿出很好吃的糖果给我，爷爷奶奶看到她什么话都不说抱起我就进屋，她就站在原地发着呆。

她被打了，我亲眼看着爷爷拿着拐杖砸向她的背，奶奶在旁边抱着哇哇直哭的我。她跟着我去幼儿园，别的小朋友笑话我，她看不惯就拿石头弄伤了人家，爷爷就动手打了她。我爸看着被打的我妈和生气的老爷子，他心疼又难受，只能拉着我妈往家里走。

我妈从头到尾都没有发出什么声音，她只是用乞求的眼神看着我爸，仿佛对他说："诺诺哭了，让我把她带回家吧。"我爸并没有安抚她，费了很大的力气把她拽走了，我第一次看到她哭了。

新家里动静很大，奶奶领着我去看。原来，我爸跟我妈生气吵架了。她应该是想要亲近我的，可是我害怕地躲在了奶奶后面，是的，我很怕她。接着，奶奶跟我爸说着一堆小孩子压根儿听不懂的话。

不久，我妈从房间里面出来。她换了一身崭新的衣服，梳了很好看的头发就径直地向外面走去。奶奶让我爸跟着看看，我爸很无奈地说了一句："随她去吧。"

我妈记不清回家的路，但她知道我爸是开照相馆的，所以每次出去总会有热心肠的人把她送回来。我爸觉得，她就是像往常一样出去透透气等会儿就回来了。如果他知道，她这一走就真的寻不回来了，他断然是不会放任她不管的。

03

你知道思念一个人的滋味吗？就像喝了一大杯冰水，然后用很长很长的时间流成热泪。

她走丢后,我爸把店给关了。他说:"她的娘家早在很久前就失去了联系,走的时候身上也没带钱,所以她是回不去的。"他用了很多办法找她,在周边贴广告,电视寻人,占卜,可都无果。

一年,两年,我爸全部的精力都耗费在了寻人的事情上,亲戚们都劝他不要再浪费时间了。我爸明白,这次怕是真的找不到了。2002年至今,15年过去了。中间,我的爷爷奶奶动过给我找个新妈妈的念头,我爸直接拒绝了,一直独身到现在。

对于我妈,印象里只有个大致的模样。小时候,奶奶总跟我说:"诺诺,你妈经常在外面添乱子,你爸从来没有凶过她一句,她究竟有什么好?"长大后这个问题从我爸口里得到了答案。

"诺诺,所有人都觉得你妈又哑又傻,可是火车上吃盒饭她会把肉挑给我,她做的饭尽管不好吃可总是等着我,她口袋里的糖总是想着带给你,她受了那么多委屈是我对不起她。"我爸哽咽着说完这些话。

这段短暂且不被祝福的婚姻,一个明知失去了自由,一个明知自己生活的艰辛,可是为了留住对方,再大的困苦也甘之如饴。

在爷爷奶奶甚至所有人眼里,我妈配不上我爸。可是,我爸爱她。他爱她的优点,同样也爱她的缺点。

我爸弄丢了我妈,他说这是今生最不可原谅的错误。他希望这些年她还好好地活着。他固执地认为,只要他等着,终有一天她会回来的。我知道,我爸会等着,和巷子里的灯一起等着,等着他生命里最爱的女人回家。

后记

之前看了《父母爱情》，然后就特别想要给我爸他们写点什么。这篇文写完后，有种如释重负的感觉。

其实，不止我爸有遗憾，我好像还欠她一声"妈妈"，但愿她还好好活在这个世上，给我爸还有我一个弥补的机会。

手机扫一扫
听酒馆故事

等一个人 等一个不可能 | 肥猫

我带着忐忑的心情从客运站出来，拖着疲惫的步伐，来到了恒汇广场的天桥上。多年前，赵海洋就是站在这座天桥上一脸认真地说："内河，你等着我回来。"

那时候这座城市的上空还没有令人窒息的灰云。人们一抬头就可以看到一尘不染的蓝天，我一抬头也可以看到赵海洋明媚的笑脸，那时候有蓝天也有赵海洋。可是现在，我看不到蓝天也看不到赵海洋。

赵海洋陪着我走过整个幼稚天真的童年，然后初中、高中又阴魂不散地和我做了六年的同桌。儿时的玩伴仓慰总是一脸奸笑地说："你们两个是不是背着我偷偷地搞在一起了？"

其实何止是他，所有认识我们的人都以为我们是情侣，好像两个走得那么近的人就必须在一起。可是，我和赵海洋永远让他们失望。

我记得赵海洋18岁生日那天我问他："赵海洋，我们这样算什么呢？"他把目光从手机屏幕移到我的脸上，用一种我从未见过的认真的神情说："内河，我觉得我们不是朋友也不是恋人。"我有些生气地质问他："玩暧昧吗？"他深吸了一口气，说："内河，我一直觉得你是我生命中的一部分，这种感情是胜于友情和爱情的。"

我愣愣地站在昏黄的路灯下，头脑一片空白。赵海洋突然把我拥进他坚实的胸膛，低声在我耳边说："只有生命里的一部分才不会离开我。"那天晚上，刺骨的冬风不停地灌进我单薄的身体，可是我一点也不觉得冷。

我和赵海洋像往常一样地生活。一起上下学，一起去吃食堂，一起泡图书馆，一起为了同一个大学而努力。没有人提起那晚的对话，就好像我们之间什么都没发生。

01

高考结束，我和他坐在公园的凉亭里发呆。他突然说："内河，我想去参军。"我没有任何犹豫和惊诧，超乎他意料的平静。我看了看他说："想去你就去吧。"

他沉默了很久小心翼翼地问："那你会走吗？"我笑了笑回他："你说过，我是你生命的一部分。"赵海洋露出欣慰的笑容，莫名其妙地说了句："天空真蓝。"我说："嗯，等你回来的时候它还是这么蓝。"然后再也说不出任何话。

我还是去车站送走了赵海洋。在车站里，我们一直沉默。仓慰一脸八卦地说："你们就不泪别一下？"赵海洋一脸嫌弃地回他："爷爷又不是去死！"仓慰理了理自以为很酷的发型说："也是，你们是小别胜新婚啊！"赵海洋踢了他一脚对他说："滚！"

我在一旁看着他们两个打打闹闹，内心没有任何的悲伤。真的，我一点也不难过。因为我想着，反正最后他都会回来，只是暂时离开而已，我只要好好地等着他就行了。

赵海洋去了离这座我们生长了18年的小县城2000多公里远的城市，我一个人拖着行李来到我们曾经一起梦想过的大学，从此我和他隔了1186.2公里的距离。可是，我还是和他刚离开那会儿一样坚信：只要我等着他就好了。因为他说过，我们总会在一起的。

新兵连三个月，赵海洋就只用部队的座机给我打了三分钟的电话。他说："内河，我想在雨天给你撑把伞。"我在电话一端流着眼泪说："赵海洋，我就想听听你的声音。"

我一个人在这所曾经梦寐以求的大学努力地成长，带着赵海洋那一份梦想一并坚持着。我记得那天在公园的凉亭他还说过："内河，替我感受大学的氛围。"

很多时候，如果一个人的身体能够活出两个人的灵魂，所有的孤独和痛苦都只是随风而去的灰尘罢了。如同那时候的我一样，我的躯体里除了自己，还有一个赵海洋，我一点也不害怕。

02

熬过了第一年，赵海洋说："内河，我真想回去见你一面。"我想了想说："你在那边别动，我去见你。"国庆假期，我坐了两天多的火车，翻山越岭地奔到赵海洋所在的城市。一路上我都在想，希望和他看一场电影，做一次饭菜，骑一次自行车……你看，我的愿望已经变得这样简单和朴实。

可是，当我终于站在他们部队门口的时候，却被告知他们要出任务。赵海洋就抱着我在门口站了五分钟。我记得他当时红了眼眶，自责地说："内河，对不起。"我拍了拍他笔挺的军装说："没事，你看我以前只是想听听你的声音，可是现在我竟然可以见到你，觉得自己赚到了。"

看着赵海洋上了部队的车，我抬头看看这座城市的天空，阳光很刺眼，天空也很蓝，可是并没有熟悉的感觉。

意料之中的，两年服役期结束，赵海洋选择了留队。他打电话说："我想留队。"我还是像两年前一样平静地说："想留你就留。"他问我："你还会等着我回去吗？"我看了看窗外那棵已经开始发芽的桃树，依旧很平静地说："赵海洋，你说过，我是你生命里的一部分，我不能离开。"其实，我想说的是，他是我生命的一部分，我离不开他。

我一直坚信，只要我不离开，他就会回来，所以我从不在乎时间的长短。反正我知道，他会回来的。

仓慰带着他的小女朋友嘚瑟地出现在我们学校的时候，说实话，那个瞬间我突然觉得有些许失落，心里想要是赵海洋在身边就好了，可是，那真的就只是一瞬间。仓慰一脸贱兮兮地问我："苏内河，还等着赵海洋呢？你就不怕他在部队找个兵妹妹？"

我像当初赵海洋踢他一样恶狠狠地踢他一脚朝他吼："滚！"他马上一本正经地说："内河，不是我说你，你看你们又没有在一起，你何必这样浪费青春等他呢？"我瞪了他一眼回他："我乐意。"

我和赵海洋之间的感情，别人无法懂得。如同赵海洋曾经说过的一样，我们之间的感情是胜于友情和爱情的。我也从来不需要他给我一个"女朋友"的头衔，因为我坚信我们终究会走到最后，只要最后是他，其他的东西我一点也不在乎。

03

大四,是我等赵海洋的第四年,四年里我们就见过三次。他说,等我毕业那天,他会站在我的左手边,陪我走完大学的最后一站。可是,我好像等不到他回来了。

仓慰通过电话吞吞吐吐地跟我说赵海洋住院了,"突发脑溢血"。我被这简短的一个词惊得目瞪口呆。我想,我就要失去我生命的一部分了。

我匆忙地赶到医院,看到的却是他空空如也的床位。我感觉体内的某一个部位被抽空,呼吸变得困难,那个瞬间我甚至觉得我也快要离开这个世界了。我没有想过,到最后我不仅没有等赵海洋回来,甚至连他最后一面都未曾见到。

生命就是这样猝不及防地褪色和消失,新生和苍老,不断地交错、汇拢和重叠。赵海洋的年华,仿佛已在即将过去的冬天里耗尽,再也不能在春天的枝头闪烁。我送走了赵海洋,看着他化成一堆灰,然后消失。

我没能将赵海洋带回来陪我一起照张毕业照,只能将他生前穿过的军装带回属于我们的小县城,未来,我再也不能听赵海洋说:"内河,等着我回来。"

兜里的手机突然震动起来,一看是仓慰的号码,我一接通他就激动地说:"内河,听说你回来了?我们见一面吧!"我回答他:"嗯。"

我们约在赵海洋的墓地前见面,他盯着我很久说了句:"内河,忘了海洋吧。"我弯下腰轻轻抚摸墓碑上笑得无比灿烂的赵海洋,抬头对他说:"忘不了。"他说："可是你们连恋人都不是,他从来没说过他爱你。"我努力挤出一个微笑回他："他说过我们的感情胜于爱情。"

赵海洋,你看,从来就没有人能懂得我们之间的感情,就连仓慰也不能。

可是,无所谓啊,无论是海洋的内河还是内河的海洋,我们都是彼此生命中的一部分。

他爱不爱你 看吵架态度就知道 | 小綦

前两天在朋友圈看到卷卷发了条动态:"远离低情商的智障,心疼自己满腔心血喂了猪。"

卷卷平时是个柔声细语的姑娘,长长的自来卷,弯弯的眼睫毛,笑起来有两颗俏皮的小虎牙,样子温柔又可爱。

能让她如此动怒的,想必也只有那个同她相恋四五年的男友了。其实,基本上每隔几个月,卷卷都会发一条类似的动态出来。

"我们俩吵架,明明是他心理幼稚,他却非要说是我不够成熟,跟他在一起这么多年,真的受了太多委屈,我都开始心疼自己了。"

卷卷约我出来聊天,问及她最近的状态时,她的眼睛里闪过一丝失落。

卷卷告诉我,跟男友在一起这几年,男友从来不会给她准备生日惊喜,有时候忘记了,便推脱说自己最近太忙,没有顾及这些,让卷卷别那么矫情。

相反,男友的每个生日,卷卷都会准备不同的礼物,而且是提前很久就开始筹备。

"我以为,他会心疼我的好。"卷卷低下头,怕我看到她眼里的泪光。"每每因为这些事吵架，都是我最伤心的时候，他真的太擅长冷战了，每次都是我去认输。"

坐在我面前的卷卷，露出满满的倦意，我突然想到前不久朱茵在某综艺节目上说过的一句话："当你照镜子时，发觉自己越来越美了，那就是遇到了对的人。"

01

如今有太多所谓检验爱情的方法，比如体验一场异地恋，比如计划一次两个人的出行，比如看对方如何对待自己的父母。

其实，不必那么麻烦的，细节凸显一切。

他爱不爱你，看吵架态度就知道了。

番茄的男友在军校，因为是异地，平时的联络都带着些辛酸的滋味，某次深夜我同番茄聊天，困意袭来，顺便问她怎么还不睡。

"我其实也困了，等他放哨回来，跟他说几句话，我就睡。"

番茄告诉我，说有一次他们俩吵架，她故意在他忙的时候一直不断地打电话过去，男友没有对她的举动发火，而是把手机接通，然后放到了自己口袋里，番茄听着电话那边男友匆匆的脚步声，心里一软，再不胡闹。

另外一次吵架，番茄的男友利用少有的两天休假，穿越大半个中国站到番茄面前，给了她一个结实的拥抱，番茄送走男友后，发消息跟我说，这个男生，让她等多少年她都愿意。

我给卷卷讲了番茄的故事，劝慰卷卷不要太委屈自己，卷卷冲我笑笑，说其实每次吵架后去认输，都是因为舍不得这几年的感情。

可男友的表现已经将她最后一点点的忍耐和期待都消耗殆尽了，而积累起来压死骆驼的最后一根稻草，就是每一次争吵时男友的恶言恶语和冷暴力。

卷卷说："该做个了结了，爱情不该让人疲惫不堪。"

临走的时候，卷卷突然对我说："你知道吗，我觉得你和H就把感情经营得很好。"

02

说实话，遇到H之前，我从来不知道吵架可以吵得如此清新脱俗。

和H第一次吵架，是因为我收到了一份匿名的礼物。

收到礼物时，我欢欢喜喜地发消息给H："喂，我收到你买的东西了，你怎么知道我需要这个的？太棒了！"

然后H便打电话过来，说这礼物不是他送的，让我想想还有可能是谁，没想到两个人聊到最后，竟然吵了起来。

我对于他的质疑十分生气委屈，于是挂了电话，还赌气关了手机，一个人跑到操场上去发呆。

一个人在操场坐到晚上八点多的时候，突然有人从背后蒙住了我的眼睛，我转过头，看到了H满是愧疚的脸。

"还好咱们是晚饭时吵的架,不然再晚一点,我今天就没法和你当面解决了。"

那个时候我们俩的学校横跨了一个城市,同城异地,路程要两个小时。

其实我看到他的时候就已经不生气了,而且深知他和我吵架也是因为在乎我,但还是冷着脸,委屈地说这事都怪他。

H把我拉到怀里,在我耳边小声嘀咕:"怪我怪我,怪我来晚了,你看你冻的,都冻傻了,你在我这儿暖和暖和,咱们就和好吧。"

听他说完这些我才意识到他浑身都是汗,事后才告诉我因为我关机,他不知道围着漆黑的操场找我找了多少圈。

03

H和我有个关于吵架的小约定,那就是永远不允许有隔夜架。

后来我们两个开始异国恋,八个小时的时差。有一次我遇到了一位言语轻浮的导师,复试的前一天晚上我问H,我还要不要去师从那位导师。

第二天醒来时看到H只回复了一个晚安,我以为他睡了,劈头盖脸地骂了他,大意是说,你怎么对女朋友的事这么不上心。

等我发泄完,H竟然回复了我。

H说:"宝宝,我这边是凌晨三点了,其实我一直在等你起床,想等你醒了再和你慢慢说这件事。如果那个人对你言语轻浮,那咱们不去了,他要是再骚扰你那我就立马飞回去教训他。可是刚才你一上来就冲我发那么大火，我也很生气的，所以，咱俩下次吵架，你能不能先别说那么多话，也稍微给我点陈述的时间。"

后来我也意识到了自己的错误，跟H道歉，H孩子气地说也要冲我发泄一下，于是一口气发了几十个生气的表情过来，美其名曰精神发泄。

后来我和朋友们说这件事，大家都觉得我们俩吵架很像小孩子过家家。其实，不过是因为剑拔弩张的时候，H把他手里的武器变成了棉花，而我一头栽进棉花里，根本不会把架吵大。

之前我听过一节关于情感关系的课，说是两个人的心，如果距离越近，那么彼此之间说话的声音就会越来越轻柔，而如果两个人的心距离很远，那我们就往往会开始大喊大叫来引起对方的注意。

吵架的两个人如果都把注意力集中在言语和行为上，关系往往会越来越糟，而只要有一方开始意识到拉近心的距离，那么另一方也会逐渐被同化。

那些愿意迁就你，忍让你，受了你的委屈后依然理智冷静地解决问题的人，一定不会是个太差的人。

而如果刚好那个人是你男朋友，那他一定很爱你。

手机扫一扫
听酒馆故事

对不起我不酷 我的喜欢需要回应 | 安和

总有人一直给自己的爱一个排除万难的理由："我爱你，与你无关。"可当深陷其中，怎能与你无关呢。

虽然爱着一个人是一件很美好的事，但不管是什么感情，都是需要付出，并且希望得到回应的。

如果有最佳男友的奥斯卡奖，大豆一定每年都可以拿到，他对小茶好是出了名的。

小茶白白瘦瘦，长发及腰，一笑有两个酒窝。她温柔大度，能安静聆听，又能一语中的。

男生喜欢她，女生也喜欢她，老师喜欢她，就连还不懂事的小孩子都会站在她面前送她一朵花。她也喜欢大家，可唯一对大豆的好，像是视而不见一般。

据大豆所说，经过了长达一个月的信息收集之后，他已经掌握了小茶的全部行踪、喜好和三观，然后选了一个月明星稀的夜晚，尾随小茶去了图书馆。

他在小茶最近看的系列书架前徘徊，守株待兔等小茶。他的手指搭上书脊，找个最显手指修长的角度。

当然了，手指已经用软刷子刷过了，指甲提前一天修剪整齐了，务必要让人一看就知道他是个干干净净的美少年。

等小茶沿着书架慢慢走到他旁边，他就假装随意地和小茶错身而过，不小心视线对上，他也只是绅士地点点头。

三番两次偶遇，默默地制造了"颇有缘分"的错觉之后，大豆才挑中了一个良辰吉日，主动认识了小茶。

而大豆还是谨慎地在三个月之后才表白，小茶没有拒绝也没有答应，大豆也依然没有丧失追求女神的勇气。

01

大豆对人好得很实诚。他觉得市中心一家酸辣粉是人间美味，便常常翻墙外出，从市中心到郊区巴巴地买回来，带给小茶吃。

还好，小茶确实喜欢吃，但是她胃不怎么好，连续吃了三天，便进了医院。

我去看望小茶，推开病房的门，小茶睡着了，惨白的病房，被大豆用很多鲜艳的花朵装饰得很美丽。

小茶睡着的时候，大豆担心地紧紧握着小茶的手，他看我，笑了笑。那个笑看起来满足又幸福。

我问大豆："看你这么幸福的样子，这么久了，你对小茶始终如一，一定是小茶对你有所回应喽。"

没想到当时大豆一脸严肃地说："到底多爱一个人才能做到无论她怎样对你，你都心甘情愿，毫无怨言，还一心为她着想，事事为她考虑，也许是我做得还不够吧。"

小茶一直以来喜欢的男生类型都是衬衣少年，皮肤要白，不爱出汗，手指干净，最好会画画或书法。大豆锲而不舍地向小茶会喜欢的样子靠近，还报班学了画画。

人这种生物很奇怪，一旦你对某人有好感，你会愿意为她做任何事情。

就这样，大豆的早安，晚安，爱心便当和节日礼物充斥着小茶的大学生活。

02

毕业那天，大豆喝了些酒："我现在根本就不确定她是不是爱我，我在她心里到底算什么……有时候，我就想只要我专心地爱她就行了，好像不是这样的，我也很希望我的爱可以得到回应，不说是百分百的回应，但至少她的回应让我可以感觉到。"

毕业后大豆先找到了一份相对不错的工作，虽然心里担心着小茶，但还是期待着小茶能来自己所在的城市工作。

事与愿违，不久后，小茶去了另外一个城市。大豆毅然决然辞职来到了小茶的城市，然而近三个月也没有找到如意的工作，大豆的压力很大，小茶对大豆还是爱答不理的，在他最需要安慰的时候依旧是冷冰冰的。

雪上加霜的是，最爱大豆的奶奶去世了，大豆完全跌入了低谷。

仿佛一夜之间长大了一般，大豆决定回老家那天找小茶说明白。大豆约了小茶见面，他说："开始时，我是不会考虑你是否喜欢我的，比如，我发现你冬天需要一副手套，我就会拿给你一副手套，不会很在意你的回应，因为送到你手上的时候，已经带给我足够的快乐，当你戴上的时候，我已经暖到了心里。

"后来发现我也会累，经不起岁月折腾的不只有容颜，还有长久的期盼和未得到回应的热情。其实我并不是一个很酷的人，我的喜欢也需要回应，但你没有，那么就让这美好的感觉停留在初见吧，我依然喜欢你，但不会再爱了。"

03

说到这里想起看过的一个故事《一个陌生女人的来信》，一个少女在十几岁的时候疯狂地爱上一个作家，爱了18年，爱得那样痴狂，那样痛苦，直到生命的最后时刻才有勇气向对方表白。

正如歌德说过的一句话："我爱你，但与你无关。"

于是故事造就了一个悲剧女性，她完全可以改变自己的命运，也有能力去改变。她无怨无悔，倾尽一生去爱一个不知道她存在的人。

其实生活就像一张白纸，每个人都是一只画笔，暗淡或绚丽全凭自己去描绘。

我和大豆是老乡，年底回家过春节。我妈一边擀饺子皮一边唏嘘："记得你小时候过春节，大豆总来找你一起放鞭炮。现在大豆的妈妈去了英国，大豆也有女朋友了，说六月份准备结婚了。真好，大豆都长大了。"

那个新年，我在一片喧嚣热闹的爆竹声中清晰地意识到，大豆当初的离开是明智的。

大豆结婚那天，小茶打电话约我坐在火锅店里喝酒到夜深人静，小茶趴在桌子上一直哭一直哭。当大豆离她而去后，她才懂得大豆的好，当她交往了几个男友之后才知道大豆才是爱她的人。

其实你根本不需要任何回报，也许你要的也只是她的嘘寒问暖，她对你的关心而已。谁也不是变形金刚，时间长了也会麻木。

如果你也像大豆一样，请鼓起勇气先与你喜欢的人说分开，保留你最后一份尊严。

手机扫一扫
听酒馆故事

其实，
要离开一个人并不难，
难的是，
如何下定决心去过一个没有对方的生活。

往后你就好好住在我心里 | 肥猫

假期去贵州旅游,在世界古银杏之乡——妥乐村,遇见已到花甲之年的王爷爷。

爷爷自家在风景区里开了农家乐,我们去吃了顿饭,便和他熟识起来。他带着我们在景区里转悠,给我们讲妥乐村的过去和发展。

他指着那些高大的银杏树说:"这些树有年头了,秋天的时候叶子全黄了,整个村子就像仙境。以前我和我老伴儿最喜欢坐在树下拌嘴。"

听完他的话,我的脑海里都是他们在一起的画面。两个到了花甲之年的老人,经历了大半辈子的坎坷,最后儿孙满堂,一起安享晚年。

执子之手,与子偕老。这大概是最美的爱情了。

"可惜,她走得早。"爷爷突然的一句话,被流动的风吹进我的耳朵,带来生活中常有的不完美。

后来在他断断续续的讲述中,慢慢拼凑出属于老一辈的爱情。

爷爷和他的老伴儿就是那个时代中典型的"父母之命,媒妁之言"。

结婚之前,没有感情可言。就只是见过几次面,看对方还算顺眼的年轻人，在家人的安排下选择了结合。

01

可就是这样匆忙的爱情，却在艰苦的生活中被打磨得更加坚固。没有离弃和抱怨，两个人彼此搀扶、宽慰，渡过了无数个难关。

他说，老伴儿年纪越大，变得越来越爱唠叨。有时候他会觉得烦，但从来没想过要分开。只是有时候会忍不住顶两句嘴，但一看到她脸上落寞的表情就立马道歉。

"她陪着我吃了那么多苦，有点牢骚也正常，忍忍也就好了。"爷爷说这句话的时候，脸上洋溢着幸福，在阳光下笑得像个天真的孩子。

后来，老伴儿生病，成了医院的常客，常常在生死边缘徘徊，烦人的抱怨声都被阵阵痛苦的呻吟替代。

他说："有时候看着躺在床上昏迷不醒的她，我就希望她突然就好起来把我痛骂一顿，责备我没能照顾好她。但她即使醒来，也只能朝我笑一笑。"

人只有在死亡面前，才能清楚地知道自己最珍惜什么，也才能突然明白自己的力量，在自然界面前显得多么渺小和卑微。

他回忆说，那段时间的老伴儿，经常闭眼躺在床上睡觉。他就坐在床边看报纸，或是翻以前的照片看。

偶尔抬头叫一声"老婆子"，听到她轻轻应一声，或是看到她的肢体动一下，自己又安心地低头做手里的事。

他走了,
可是没带走曾经注入我胸膛的温暖,
心里明明是空落落的,
可是好像再也装不下其他人了。

02

这样的陪伴和呼唤,似乎显得很没用,但好像除了这样又什么都做不了。

到了艰难的时候,爱的人能够活着,自己还能感受到她的呼吸,就已经是莫大的幸运。

那段时间,他常常给她讲他们年轻时候的事,给她讲正在成长的孙儿们,讲家旁边那些茁壮成长的银杏树。而她,除了点头、微笑,已经无法再和他说一句话。

爷爷说:"我知道她躺在那里很痛苦,但还是想把她留在身边。她要是走了,我就是一个人了,连个说话的伴儿都没有。"

他打算秋天的时候,要在金黄的银杏树下向她求一次婚,把这些年来对她的感谢和爱意都告诉她。

可是她在夏天的末尾匆匆地就离开了,没来得及看一眼已经泛黄的银杏叶,也没来得及听他说一声"我爱你"。

自那以后,爷爷一个人,在秋天孤独地看了五年的银杏叶。

他说,没有老伴儿唠叨声的秋天太冷清了,银杏叶也不好看了。

我永远记得那天他站在情人谷的大桥上说了句:"年轻的时候总嫌她烦,现在老了,想听她唠叨,却永远听不到了。"

他苍老的脸上爬满了遗憾和思念,看上去像一个被遗弃的孩子。

历经风霜的爷爷在叙述这些往事的时候，表情平静，可眼眶里都是泪水。他说，女儿们怕他孤独想要给他再介绍别人，但都被他拒绝了。

03

我知道，他的心里住着一个人。那个人陪他走过了人生的风风雨雨，却在晚年提前离去。

可是身体离开，不代表她所有的东西都在这个世界消逝。她还好好住在他的心里。

我们这一代的爱情就像快餐消费，迅速爱上又迅速分开。保鲜期一过，所有的承诺就像路口的风，立刻消失得无影无踪。

他们不一样。

她走了很多年，他一个人看了很多年飘落的银杏叶，可她依旧好好地住在他的心里。

在这样的快餐时代里，希望你也能遇到这样一份没有期限的爱情，也能与一个灵魂契合的人相濡以沫过一生。即使面对生离死别，也能彼此搀扶，相互宽慰，平淡走完每一程。

手机扫一扫
听酒馆故事

小五：

我想过无数次和你的未来

唯独没想过你会离开

曾经再怎么情深意浓

也逃不过有一天突然落空

你教会我勇敢，也留给我遗憾

感情里不该有执念

遗憾

好过纠缠

你只是
我的
遗憾一场 03

你只是我的遗憾一场 | 王大纯

前几天我收到一个快递，我以为是我买的东西到了，兴致勃勃地拆开之后，发现是一双亮闪闪的高跟鞋，鞋子真的很好看，阳光透过窗户照在它身上，折射出好看的光反到我的手上。

我穿在脚上试了试，码数正好，虽然鞋跟很高，但走起来一点也不累。

"这个牌子的鞋子果然不一样。"

可是……我不记得我买了这个牌子的鞋子啊，难道是谁偷偷送我的礼物吗？最近有人暗恋我吗？我怎么不知道？

我翻翻鞋盒子，在里面发现了一张卡片，上面的字迹是那么熟悉，一笔一画都属于我前男友余小猴。

果然，我怎么能忘记这双鞋子呢？

那年《来自星星的你》正大热，喝醉酒的全智贤提着一双银色高跟鞋恨不得放在都教授的脸上，我躺在余小猴的腿上对着那双鞋子流口水："好好看啊，我也好想要啊。"

余小猴大腿一拍："那就买啊！我老婆喜欢的东西都要买！多少钱？我们明天就去买！"

"四千多……"我嘟嘟囔囔。

"啊,那是什么鞋子啊这么贵,那……老婆我攒攒钱再买好吗?"余小猴的脸一下子露出难色。

"我现在不想要,根本没有机会穿嘛,我们结婚的时候你买给我穿就好啦!"我坚定地告诉余小猴我不想要。

可是其实,我想要,我想穿,我同事也有一双,我见过实物,闪闪的真好看。但是我知道我不能要,我不能任性的,我和余小猴刚刚毕业,我俩实习期的工资加起来不到八千块,交交房租吃吃饭,也就剩不下来什么钱,四千块,我俩得省吃俭用多久呀。

余小猴和我是大学同学,他是跟着我一起来北京的,本来他爸爸都在家里帮他找好工作了,可是我要来,他就跟着来了。

"你真的愿意和我一起在这个地方吃苦吗?"我知道的,余小猴虽然不是什么富二代,但也是家里的独苗,从小被宠着长大的,可是钢筋水泥的大都市,才没有小城镇那么多人情。

可是余小猴把脑袋点得像啄木鸟:"老婆去哪儿我就去哪儿。"

大学毕业的时候很多情侣都分手了,我们宿舍四个女孩子分了三个,只剩下我一个被她们羡慕着,"你知道你有多幸运吗?大多数男孩都希望女朋友跟着他们走,那样的情侣往往走不到最后,只有像余小猴这样的愿意跟着女朋友走的,才是真爱,你要好好把握。"

我知道我知道。

余小猴对我特别好。

我们下楼梯,他一定会双手把周围的人挡开,把我围在里面,"老婆,这帮臭男生挤来挤去太臭了,不能让他们熏着你。"余小猴也不在乎自己是不是三天没洗澡。

我们散步,他一定会让我走在他的右手边,把我护在里面,"老婆,这样有车也撞不到你的,我替你挡着!""呸呸呸,是不是乌鸦嘴?"气得我直捏他的手。

我们中午下了课一起去吃饭,你们知道的,饿着肚子的大学生和横冲直撞的丧尸没什么两样,他就带着我冲破重围。我喜欢吃鱼,他每次都跟卖鱼窗口的大叔套近乎,只为能让大叔给我盛一块大点的,顺便再多盛一点汤。

夏天太热,每天中午上课前,他就捧着半个西瓜去找我,我们跑去食堂三楼,坐在大吊扇下面分吃西瓜,然后打着嗝去上课。

每次上课余小猴都会让我坐在他的左边,因为我爱犯困,他的左胳膊让我枕着,右手给我俩抄笔记。

有一次老师点到他的名字回答问题,他半天都没有站起来,老师叫了他三遍,他还是傻坐在那里直勾勾地看着老师的眼睛,老师走到他面前他都没有站起来——我正枕着他的胳膊流口水,他怕抽了胳膊磕到我的脸。

"你是不是傻!你就不能把我推醒吗!"我一边写着因为上课睡觉被要求写的2000字读书报告,一边埋怨余小猴,"不写了!剩下的1700字给你写!"其实余小猴比我还惨,老师罚他写4000字。

我会偶尔想起你,

但不是想念。

说得再直白点,

就是我会想你,

但并不那么渴望想见到你。

我每天都欺负余小猴，晚上从图书馆回宿舍，我都要他背着我回去，我觉得晒，让余小猴给我撑伞。

"老婆，别的我都能干，但是伞你能不能自己撑？"

"为什么？"我斜眼看他。

"你看看这花边这蕾丝……"

"撑着！"

我们学校有点大，我和余小猴花120块买了一辆二手自行车，不管去哪儿，我都要他骑自行车带着我去，余小猴每次都把自行车蹬得很吃力。

不过说到自行车，我就更生气了，有一次余小猴带着我去夜市吃鸭血粉丝汤，我像往常一样单坐在自行车后座抱着他的小细腰，自行车穿过斑驳的树影，我正幻想自己是校园偶像剧的女主角，结果自行车猛地颠了一下，我整个人从自行车上颠了下去，我的屁股都着地了，脚还搭在自行车上。

余小猴把我扶起来时我整个人都是傻的，右胳膊肘下面正好磕在一块尖尖的石头上。"余小猴，你是报复我吗！我以后再也不欺负你了！"我顾不上屁股疼，看着胳膊流了那么多血一下子哭起来。

余小猴一看那么多血也傻了，直接开喊："救命啊，谁来救救我女朋友！快来人啊！"

讲真，我当时都傻了……直接捂住余小猴的嘴。

余小猴是真的爱我，爱我就像爱生命，我知道的。

有一次放小假期，我和余小猴想一起出去玩，可是我们两个穷学生，也没打什么工，没有钱，就想着去周围的城市玩一玩吧。那时我们有一个同学是保定的，他说他家白洋淀的荷花都开了，我们就跟着几个同学一起去了白洋淀。

我们划着船，不对，是余小猴划着船我打着伞。划到荷花最盛的地方，我想和荷花拍张照片。我把上身努力地向船外伸，努力把我的脸和荷花凑到一个镜头里，余小猴拿着卡片机指挥我："老婆再近点，再近点，再近点……"

结果我一个没坐稳直接翻到了水里！我又不会游泳，吓得我猛地在水里扑腾。余小猴一看我掉进水里了，二话没说也直接跳进水里，可是他也是一个旱鸭子，我俩一起在水里扑腾……直到我俩被同行的同学用船桨捞上来。

"余小猴你是不是有病啊？你自己都不会游泳，瞎跳什么！"白洋淀的荷花好看，可是水可不怎么好喝。

那天我一边冷一边热，一边后怕，又一边偷偷笑，余小猴果然很爱我嘛，我可以把我自己交给他了。

我是以为我会嫁给余小猴的，我以为我会和余小猴过一辈子的，我在二十出头的年纪就想过为余小猴穿上婚纱的样子，也幻想过和余小猴交换戒指的时刻，我想过我要欺负他一辈子，我想着等我60岁的时候也要枕着他的胳膊，我想在老了的时候还给他煮一碗热热的白粥，等他下班回来窝在一起看电影。

如果日子能一直这样过就好了，如果我能一直和余小猴在一起，那双鞋子我根本不稀罕的，我可以不再欺负余小猴，我可以为他学习怎么熨衣服，也可以学习怎么做便当，好让他提着去公司和人炫耀这是我女朋友做的。

余小猴和我在北京待了半年之后，他家里催他回去的电话一个接一个。

世界上的个体千千万，每个人的运行轨道和方向也各不一样，所以相爱的两个人，都会觉得彼此的相遇相爱不会是偶然。

他家里以为余小猴会受不了自己回去，可是他一点要回家的意思也没有，家里人坐不住了，尤其是余小猴的奶奶，天天打视频来对着余小猴掉眼泪。

一开始余小猴还能忍得了，"奶奶您放心，我在这里好好工作，一站稳脚跟就把您接过来，和我住一起。"

有一天，余小猴接到电话说他爸爸不舒服，要他赶紧回家。余小猴本来觉得不是什么大事情，觉得是家里人想要骗他回去。

但是一段时间后，电话里家人格外着急。"老婆，我回家看一下，我觉得这是他们为了我回去玩的小把戏，你放心，我去去就回。"

可是谁知道，余小猴这一走就没再回来。余小猴的爸爸是真的病了，而且病得很快，病得很急，等他回家时，已经做了胃部手术，短短几天就瘦得不成样子，因为对自己的病很害怕，又加上吃不下什么东西，身体虚弱得很，在医院躺了一个礼拜就去世了。

这一切都太快了，余小猴打电话给我时哭得稀里哗啦，听得我心疼。

当天我买了去他家的机票找他，余小猴需要我。

可是我赶到他家时，他奶奶不让我进门，说都是因为我余小猴才跑那么远，都是因为我余小猴没能多陪陪他爸爸，他奶奶冲着我又哭又喊："你这个小狐狸精滚出去！"老人家激动到差点哭晕过去。

我看着余小猴什么话也说不出来，他只是在沙发上坐着，他也什么话都说不出来，我只能从余小猴家出来自己找了一家旅馆待着。

那晚我也很伤心，余小猴没有来找我，我给他发消息他也没有回，我理解他，他现在正是难过的时候，我安安静静等着他就好。

我在旅馆待了三天，余小猴都没有来找我，我请的假期用完了，要回北京。

走之前我给余小猴发信息："你好好的，我等你。"

余小猴回我："好。"

我一个人在我俩共同的家里，等着余小猴回来，我每天下班回家都希望能看到余小猴帮我开门。可事实不是这样的，余小猴走不开，他再没办法抛下家里的两个女人一个人走这么远。

从他打电话告诉我先去顶了父亲的班，一边上班一边商量我们怎么办时，我就开始恐慌和害怕了。

我不会去找余小猴的，我是不是很自私？或许是我没有勇气面对余小猴的奶奶？可是我有什么错？或许我真的有错，如果余小猴不是因为爱我，可能可以早点带他爸爸查出病来。

那段时间我常常失眠，我看着余小猴的睡衣发呆，我思维混乱，我逻辑混乱，我到底怎么办？我心里的愧疚让我一阵一阵犯恶心。

可是我想他，我们从来没有分开过这么久。

"要不我去找你吧。"只要他说好，我就去找他，北京的工作我不要了。

"等奶奶身体好些了……"余小猴沉默着。

又过了一段时间，我发了疯似的问余小猴什么时候回来。

"奶奶前一段时间给我安排了相亲……"余小猴欲言又止。

我懂了。

我知道余小猴还是爱我的,可是他心里的愧疚拉扯着他,我什么也没做,我却是他亲人眼里让人憎恶的钉子,他甚至没有勇气帮忙一起拔掉。

我也自私,我为什么没有奋不顾身的勇气,就像余小猴那样奋不顾身跳进水里救我一样,我要怎么把余小猴从这种悲痛里捞起来。

他被两边的爱扯得生疼。

可是我还是想等等他,我心疼他,我愿意先放手。

那最后怎么样呢?有些日子不谈也罢,只是结果你们也知道了。我收到了余小猴寄来的鞋子,那是他答应我们结婚时要买给我穿的鞋子。

卡片上这样写:

老婆大人,这是我当时答应买给你的鞋,现在我有钱买给你了,你穿着一定很好看。

老婆大人,对不起,我当时太脆弱,没能接着你,也没能永远保护你。

老婆大人,这是我最后一次这样叫你了,我要结婚了。

只看到这里就够了,我穿着那双鞋在房间里踱步,走着走着阳光有点晃眼,像是回到掉进水里的那个夏天,我听到楼下的商店里放着一首《遗憾》。

你不用冷淡 我从未想过纠缠 | 尘宴

"那天你说爱上别人了想分手是真的还是假的?"蝶儿打来电话问我。

"如果是假的,我希望你以后不要再开这种玩笑了。如果是真的,那我们……"她的声音有些颤抖,没再讲下去。

"有一半是真的,有一半是假的……"我咬了咬牙。

"哪一半是真的?哪一半是假的?"

"爱上别人是假的,想分手是真的。"我豁出去了。

"嗯,好,好,好……"蝶儿一连说了好几次好。我知道她慌了,以往让她慌的人不是我,我总会让她冷静下来。这次让她慌的人是我,可我似乎没有资格去安抚她了。

"蝶儿,你真的很好,但就是太好了,我不敢保证给你未来,所以你对我越好我压力就越大,压力越大我就越想逃……"我本想用解释来减轻心理压力,却发现解释让自己显得更加浑蛋。

"辉奕,别说了……我们就到这儿吧。"蝶儿打断了我的话,冷静得像突然结冰的湖面。说完电话就挂断了。

我看了一下手机界面的日期:2009年10月10日,我们的恋爱一周年纪念日。

01

去年的某一天,我组织团委活动到很晚才结束,蝶儿是我社团的成员,留下来帮忙整理,我提出要送她回宿舍,她害羞地点点头。

那段时间她的个性签名写着:"好想收到一封信。"我就悄悄地动笔给她写了一封情书。选好了在10月10日的这天拿给她,希望我和她的结局十全十美。

快到她宿舍楼下时,我从书包里拿出这封蓄谋已久的信,放在她温热的手心里。她的眼神晶莹剔透,我就知道,答案会是我期待的那一个。

果然,她看完信后,面色绯红地对我说了那句我愿意。我欣喜若狂地想拥抱她,她害羞地躲了躲,像一只惹人怜爱的小猫咪,最后还是轻轻地躲进我的怀里。

蝶儿留着齐耳短发,刘海儿下那双深邃的眼睛清澈无邪,笑起来时嘴巴像世界上最好看的菱角,特别可爱。我是她的初恋,这让我在很长一段时间里都很自豪。

人生若只如初见,该有多好呢。我对蝶儿的感觉一开始就好得一塌糊涂,可我从来没有想过她对我的好会成为我的负担。

我们像所有陷入爱里面的情侣一样,每天除了上课的时间,几乎都是黏在一起的。一起到饭堂吃饭,一起到操场散步,一起到多媒体教室看电影,一起去图书馆温书。学校后门的那条小吃街,我们一天试一家,不到一个月就吃了个遍。

她的第一次牵手、拥抱、亲吻……都给了我,她每一次都紧张得肢体僵硬,手心冒汗。

02

我谈过几次恋爱都失败,但那些女孩教会我的事情我却没有忘记。

走路要让她走内侧,逛街要帮她提包,鞋带掉了要弯下腰来帮她绑,走路累了要背她回去,姨妈期要帮她准备好热水袋……

这些体贴疼爱女孩的招数我一招不落地用在蝶儿的身上,真心地想对她好。她享受着被我宠爱的幸福,同时也变得任性且对我十分依赖。

她依赖我,凡事有困难第一时间都是想到我,好像失去了自理能力,就连买矿泉水都要我去才行。

我忘记了她吃海鲜会过敏的事她就生气大半天,我不懂为何之前善解人意的她变得这么情绪化,动不动就要掉眼泪。不仅如此,她还经常在重要时刻掉链子,比如去买车票回来的路上把车票弄丢了。

我之前对蝶儿的喜欢,像是一座堆砌完好的城堡,每当我发现她的减分项,城堡的底部就会被抽掉一块砖。

但她仍是一如既往地对我好。陪我去找兄弟喝酒,她不吵也不闹,和大家聊天讲笑话。带我去见她的闺密,我刚好身上没钱,她拿出钱来塞自己手里,然后让我快牵她的手。我牵住她的手后,她哈哈大笑说恭喜我中了百元大钞。

我生日那天,她制作了一本我的成长相册,任谁看了都会非常感动。里面有我从小到大的相片,她是如何收集到的,到现在我仍觉得是个谜。

真爱一个人,就会费尽心思地为他制造惊喜和感动。

她的这本相册和我的那封情书都是如此。她对我的好都是加分项,我每感受一次就往城堡上添一块瓦。我以为城堡在加加减减中总能保持平衡,可是我却忘了我抽掉的砖都是城堡的根基,根基不稳是城堡的致命伤。而那些添上的瓦在顶端摇摇欲坠,变得毫无意义。

03

我带蝶儿去爬山,她在山顶大喊:"辉奕,这是我们的江山。"我被她逗乐了。

她趁机问我,爱江山还是爱美人?我说江山美人我都爱。

她说我有志向。我说她没个性,对我总是盲目崇拜。

后来,我们毕业了。蝶儿回到她的家乡,我留在了广州继续流浪。彼此都知道这段爱情看起来很无望,可谁也没有开口说了断,或许心中都还有不舍吧。

就业和爱情的双重压力让我变得有些提不起劲,蝶儿回家后,我都不常和她联系。蝶儿还是那样,坚持每天和我通话,我说会找时间去看她,她说好。我说最近事情忙没法去,她也说没事。

国庆的一天,蝶儿突然出现在我面前,蹦蹦跳跳的样子,开心极了!她说她密谋了很久,就是要给我一个惊喜。我看到她时眼里都是诧异,张口就说了句:"你怎么会在这里?"蝶儿的眼神瞬间暗淡了下去。

我带她去城中村的小巷里吃家乡菜,她一路上都说个不停,我却不知怎么热络地和她聊下去。心里想着明天得交房租了,经理交代我完成的报告这周得加班完成。

我心不在焉,说了那句"爱上别人想分手"的玩笑话,可能是我的潜意识已经有了放弃的念头。别人都说玩笑话多少都带有真心的成分,这点连后知后觉的蝶儿也知道。于是,才会有她那通电话将我们的恋情来个了断。

挂完电话的我瞬间得到解脱。一段关系结束,切断她对我的好,我不必再顾虑蝶儿会有任何想法,不必继续承载着那个我和她共同未来的负担。

现代爱情故事里,有太多因为害怕、不确定而退缩的人,曾说好要一起去的远方突然有人爽约了,那些离开的身影多少都带着自私和懦弱。

我承认自己的懦弱和自私,在这段恋情里爱得不够投入,才会无意中伤她多次。

分手后,她拒绝了我所有的联系,疏远了我们共同的朋友,有很长一段时间我都没有蝶儿的消息。

听说,她告别了家乡的父母,独自去了大凉山支教,没有再提起我,也没有再谈恋爱。

手机扫一扫
听酒馆故事

我喜欢你 就算知道没结果也喜欢 | 一丁

到了中午，我才睡醒，看看身边，刚好空出了一个人的位置。随意喊了几声，没有人回应。脑子昏昏沉沉的，这两天的记忆就像是丢失了一样，什么都想不起。

包括现在身边的空位，都不知道是出于习惯，还是缠绵一夜之后留下的痕迹。

自打大半年前结束了最认真的一段感情之后，很长一段时间里我都没有什么情绪波动，身边的人来了又走，没有半分的可惜和遗憾。

而这些，在芊芊出现之前，都没有变化。

我和芊芊是两年前在一个展会上认识的，她比我小几岁，看上去就像是个小女生。

她的优点特别多，多才多艺，而且喜欢运动，三观很正，人很活泼。那个时候我就对她有了好感。

只是撩过几次之后，她都没有什么反应，我就开始淡忘了这个人。直到有一次她和我说她分手了，我出于礼貌和曾经对她有的好感，细心安慰着。

这样的聊天方式很容易让人熟络，一来二去，我们的关系就变得亲密起来。

01

有一次我去喝酒，群发了一条信息，问有谁一起来。然后芊芊就来了。其实那是我第三次见到芊芊。印象很深刻的是她穿着一身黑色连衣裙，稚气已经褪了不少。

不过，我没想到的是，芊芊酒精过敏，喝两口就脸红了。而另一个好友酒量也很差。于是我还得帮她们喝，结束的时候都有一点缓不过来。

一直到凌晨四点，由于太晚，我便送芊芊回家。

一路上，芊芊还是和以往一样，什么都说，吧啦吧啦说个不停。其实她说了什么，我记不清了，也不怎么听得进去，只是看着她的侧脸，看着她说话的样子，就忍不住打断了她。

"芊芊，要不，做我女朋友吧？"我稍稍皱眉认真地看着她。

芊芊听到后愣了一下，然后看看我，很快收起了目光，低着头一副害羞的模样。

"不可以吗？"其实我也不知道自己有多认真，反正也就是随便玩玩，谈不上有多喜欢。

只见芊芊以极小的频率点了点头，但是眼睛依然看着地面，整个人都紧张到僵硬。

那是我第一次见到芊芊害羞的样子，也是第一次见到芊芊这么安静的样子。

送她到家，临走的时候，亲了她一下。结果发现她嘴唇紧闭，我试着温柔一点，然而依然没有改变。

"该不会是，你不会接吻吧？"我头一歪，调戏着问她。

芊芊有一点着急，又有一点害羞，然后还没说话，脸就急红了。"我……我不会怎么了？"

"我……我回去了，再见！"芊芊也没有等我回应，转头就跑进了小区。

我看着她的背影，不觉有一点喜欢了，连接吻都不会的女孩，感觉就像我身边狐朋狗友当中的一股清泉。

02

到了第二天芊芊约我去逛街。我们在一个大商场里见面，吃吃喝喝都是她提的建议。不过一趟下来，我两手拿了许多的小吃和饮料。

然后她发现自己什么都没有拿，不太好意思，转身替我分担了一些。

"哟，你可终于想起我来了？"我调侃她。

她嘿嘿一笑，左手拿着东西，右手牵起我刚刚被解放的手。

她说："对啊，因为我要牵你啊。"

那一瞬间，我觉得被撩的那个人是我。

只是好景不长，终于迎来分手的一天。她和我说了很多，但是我只看到分手两个字。

我没有多说什么，只是说，好的。

毕竟从一开始，我也不过只是抱着随便玩玩的心思，所以没有挽留。

有人和我说，这种情况，往往是因为有了新欢。当时我没有听进去，只是相信着她和我阐述的以及我自己脑补的理由。

然而我还是再一次以朋友的身份约了芊芊，她原本是拒绝的，而后又答应了。我不知道她内心经过了什么样的挣扎，不过我知道的是如果我不主动，她不会再约我。就像国庆的时候，我不属于她任意一天里的安排一样。

见到了她，还是那种感觉，吧啦吧啦说个不停，她会说很多自己的事，我依然喜欢看她说话的样子，看她笑的时候露出的虎牙。

一路上，她永远都有话题，虽然话题的内容基本上与我无关，然而我的视线却开始离不开她。

差不多十二点的时候，芊芊家里打来电话，催她回去。于是我们匆匆告别。

03

我回到家之后，和一个认识她的朋友说，我要跟她表白，我发现自己喜欢上她了。

然后朋友告诉我说，她有喜欢的人了。知道这个消息的那一刻我是有点难受和吃惊。但是我依然坚持当面表白。

就在第二天晚上,我坐在咖啡店里等她,那段时间不算很长,二十分钟,但是我内心开始躁动不安。有种心悸的感觉,紧张,心跳得很快,快得难受。

她来了,坐下,没有点任何东西,就这样看着我。她眼神里写着不解,写着希望快点结束。

我说:"我想谢谢你。"

这句话说出口,她眼神里,又多了一分疑惑。

于是,我给她讲起以前的故事,讲了一个我印象最深的人,伤得最深的一段感情。我尽量不让紧张吞噬逻辑,慢慢讲述着自己因为这段感情,很长一段时间里都没有办法喜欢上任何人。

我说,多亏了你,我好久都没有体会过这种感觉。我喜欢你,我知道你可能会拒绝我。我们大家都心知肚明,我很迟钝,你很聪明。

所以你早就知道我的想法,我也不求你答应。因为我喜欢你,是那种,看着你笑就能够满足的心意。

我说完,如释重负,然后送她回家,再走一次那段从她家到我家的路。

而后约了一个好友,去了附近一家酒吧,一边拉肚子一边喝着啤酒,我说我不是难过,我是开心,因为我又看到了自己少年时才有的勇敢,青春时才念叨的喜欢。

手机扫一扫
听酒馆故事

等你忙完了 记得来娶我 | 啊李

这个周末是小艾跟简凡认识6周年纪念日。

她特意在周末来临之前加班加点把手头的工作提前做完,然后像往常一样为即将下班回家的简凡准备了晚饭。

不同的是,偌大的客厅里摆了一大束粉色玫瑰花,浪漫的音乐充斥着房间的每个角落,对小艾来说这是一场别出心裁的烛光晚餐。两个人本来打算明年再说结婚的事,可是今晚,小艾想主动跟简凡提出结婚。

小艾是一个脑海里会突然出现新奇灵感的平面设计师,因此经常活跃在思维跳跃的文艺青年圈里。

简凡的性格跟小艾恰恰相反,他是一个不太懂浪漫的工科男,但是跟小艾说起话来却偏偏有一种认真的男子气概。在这一点上,小艾跟闺密大春说这是她永远都不会厌倦的感觉。

晚餐已经准备得差不多了,电视机的画面上在播着有些嘈杂的广告。此时的她有些坐不住了,因为距离简凡平时回家的时间已经过了一个小时,北京经常堵车堵得厉害,但平时简凡也就半个小时就能回家了的。

于是,小艾就给简凡打了电话,没聊几句话,电话就以"嗯……那要不你先加班吧，忙完早点回家，我有很重要的事情要告诉你"结束了。

挂完电话，小艾环顾四周，轻轻叹了一口气。心想大概简凡是忘记了他们的周年纪念日了，小艾心里难免有些失落，简凡最近因为修改工程图忙得无暇分身。小艾已经记不清他们有多久没有出去看一场电影，逛一次街，和朋友大醉一场了。

她突然觉得自己一直在迁就简凡，主动得有些累了，但很快又摇了摇头挣脱这种念头。

01

小艾无聊地窝在沙发里看着电视，她打着哈欠拿起遥控器按了一下返回键，时间仿佛一下子就倒退到了六年前，回到了那个小艾和简凡刚来北京打拼的夏天。

简凡穿着白色背心，格子大裤衩，一双简单的人字拖，陪小艾一起去二手市场淘旧书架和沙发，放在不到50平方米的出租屋里。

那时，初入社会的他们日子过得艰辛却又温馨，小艾常常会因为房租水电费涨价跟房东讨价还价。简凡每天早出晚归地工作，偶尔兼职赚外快，休息时他会陪小艾看一场刚刚上映的电影，或者陪她走一遍人群拥挤的花鸟市场。

几年的时间里，他们都很努力地为了生活朝着同一个方向奋斗。有一天，他们终于不用再去二手市场淘家具，终于不用再为了房租涨了两百块钱跟房东讨价还价，终于不用再住50平米的出租房的时候，幸福却仿佛变得淡然无味了。

有段时间，小艾问大春："是不是因为跟简凡在一起的时间太长，这种感觉就像左手牵右手，毫无感觉，可真拍它们一巴掌，舍不得还会觉得疼。"

大春笑着看小艾说："我看是你腻味了吧，七年之痒提前了。"

小艾恍惚感叹七年之痒真是个可怕的事情。

小艾昏昏沉沉蜷缩在沙发里回想着这一切，门"吧嗒"一声开了，是简凡回来了。小艾揉揉眼睛看了看时间已经11：30了，简凡轻轻走到小艾身边，把毯子盖在小艾的身上，看到小艾醒了，轻声问："今天是有什么事要说？这么正式。"

小艾刚想开口，可是一看到简凡满脸疲惫的样子，就觉得特别心疼，抬头微笑着说："没什么事……改天再说吧。"简凡摸了摸小艾的头就没再多问，转身洗漱去了。

02

第二天大春来小艾家，听小艾说了昨晚的事，她拍着小艾的屁股，上下打量她，白了一眼小艾说："真正爱你的人对你的好全是细节，难不成你要你们家简凡用嘴巴谈恋爱？甜言蜜语是哄哄小女生的，我认识你们俩这么多年，简凡对你怎么样我看得贼清楚，真的，细致入微到没话说。"

小艾叹了一口气，眼神暗淡了下来，说："我知道简凡很好很爱我，我也爱他。只是我有时候在想，我们明明是两种不一样性格的人，为什么非要过着情侣间千篇一律的相处模式？就算是爱情，也是有保鲜期的，我怕有一天，我们都会厌倦这种平淡的日子。"

大春一脸严肃地看着小艾："可感情问题不能拖着不是吗？你们之间有什么明明可以好好沟通的，你们偏偏什么都不说。"

小艾低着头不再说话，其实她也根本不知道自己到底想要简凡做什么。很多次想和简凡好好聊聊天，可下班后的两个人都没有太多精力说这些事情，常常因为太累倒头就睡。

大春看到小艾低头就知道她又在自己神游了，没好气地说："懒得理你了，既然不喜欢这种平淡的日子，那就给生活来点激情跟新鲜感啊，一起做你们以前喜欢做的事啊。工作永远做不完，钱永远赚不完，但是快乐的时间是有限的。"

被大春一提醒，小艾突然想通了一些道理，抱着大春使劲亲了一口说："我知道啦，谢谢我春儿的提点。"

人一有爱，就会想为对方做些什么，甚至牺牲自己，服务对方。

后来，小艾开始不再接工作上的私活，每天变着法换新妆容跟穿搭风格。晚上不再做好饭等简凡回家吃，而是偶尔约着简凡去外面吃，有时家常便饭，有时西餐牛排。简凡也终于忙好了这一阵子的工作，享受两个人相处的自由。

03

有一天，简凡主动约了小艾去看电影。电影结束后，简凡开车带着小艾回到了六年前第一次住过的胡同，简凡拉着小艾的手慢慢往胡同里走，一边走一边跟小艾回忆起从前两个人跟房东讨价还价的糗事。

直到走到了那个每天都会等小艾下班的公交站台，站台后的屏幕上有一个由999张小艾跟简凡的照片组成的心形，底下还滚动着一行大字："小艾，我不想等你嫁给我了，你愿意来娶我吗？"

小艾的眼睛瞪得跟铜钱一样，简直不敢相信这是简凡会做的事情，"你……你怎么会知道我的心思？"

简凡摸摸小艾的头，宠溺地笑："因为我太了解你了。你的每一个表情，我都知道你想说什么。对不起，这阵子，是我太忙忽略了你的感受，我一直在等一个更好的时机再跟你求婚，怕你又会胡思乱想所以日子也提前了。"

小艾感动地看着简凡说："简凡，我就知道你是我的盖世英雄！"

"咦……老夫老妻的真是肉麻死了……小艾你再不答应我们就走了啊！"屏幕后突然冒出了大春跟一群好朋友，一边拍屁股上的灰尘一边从屏幕后走出来。

小艾哭笑不得："我说简凡怎么会这么浪漫呢，原来是你们给他出的主意……"

小艾的话还没说完，就被简凡捧着脸给摆正了，简凡一脸认真地问："小艾，你到底愿不愿意嫁给我？"

小艾拧着简凡的耳朵大声地回答："我不愿意嫁给你！我要娶你！"

后来，婚礼那天，小艾收到一束大春送的粉色玫瑰花，花束里有一张卡片，上面写着：

"小艾，六年里，你跟简凡那些消失了的幸福岁月，仿佛一直隔着一块积着尘埃的玻璃,看得见,却抓不着。其实你跟简凡一直在怀念过去的一切,庆幸你们能冲破那块积着尘埃的玻璃,找回曾经早已消失的幸福岁月,我祝福你们一直幸福下去。"

没有人会在原地 等你 | 啊李

江念已经有很多个年头没有回过长春了,上次回长春的时候她才二十岁。如今,江念已经三十岁了。

小时候江念的父母就去了北京做生意。和很多北方女孩不太一样,江念说话如江南女子,温柔得像潺潺的流水声,向来也懂事比较听父母的话。

2002年,江念还在长春的小城镇里念中学,城镇里很多人都知道江念和许一海互相倾心。18岁的许一海和16岁的江念每天在一起的日子就像棉花糖,软软甜甜的。

那个时候,许一海不知道从哪儿弄了一辆一骑起来就咯咯噔噔响的自行车。每天载着江念穿过城镇里的大街小巷,和同样骑着自行车的邮递员打招呼,跟城镇里的孩子扮鬼脸。自行车铃铛的声音伴随着江念银铃般的笑声响彻整个小镇,老人们看着两个人总会笑着夸他们般配,就像天造地设的一对。

许一海的父母在城镇里开了一家饭店。父母也特别满意江念,经常让许一海带各种炖汤给江念吃,许一海每次都会拍一下江念的屁股,再瞥一眼江念一马平川的胸狡黠地笑着对她说:"快吃,该多补补了。"

镇子里的姑娘,多数不到二十岁就嫁了人,婚后却因为性格不合等原因,和家人经常吵架闹别扭。江念看多了这些，打心眼儿里不愿意太早嫁人，于是和许一海约定："等到自己25岁再结婚。"

2003年，北京的"非典"在不断蔓延。江念父母的生意一直处于淡季，因此不得不停业回了老家。他们知道江念跟许一海的事情后，放出话来，要许一海家拿出五万块钱的彩礼，否则不会同意把女儿嫁给他。

01

许一海家虽然经营着饭店，但当时的五万块钱对他们家来说并不是一笔小数目。谈了几次后，两家人不欢而散。

2004年的春天，"非典"的阴霾逐渐散去，江念的父母打算回北京，这次不同的是，带上了江念。父母告诉她，这是为了他们好。

临走的时候，许一海和江念偷偷见了面。许一海揣着一盒刚刚做好的红烧猪蹄在怀里，虽然已经快到春天了，但他还是怕凉了不好吃。江念看到许一海向她一步步走来，愧疚感侵蚀着她的心，她抱着许一海一直道歉："对不起……"

许一海安慰她说："念念，别为了我埋怨你父母，我会好好赚钱娶你的，你等着我。"

江念眼里噙满了泪水，使劲点头："许一海，我等你。"

后来，江念回忆起许一海的时候，总觉得这是当时他们最刻骨铭心的情话，简单的三个字：我等你。江念也真的等了十年。

到了北京以后，江念跟父母学着经营生意。一有时间，江念就会跟许一海写信通电话，江念每天会对父母说许一海对她特别特别好，请求他们重新考虑两个人的婚事，江念的父母拗不过，就说如果许一海能在三年内把饭店开在北京，就同意他们结婚。

人有的时候是不怕未来的，怕的只是没有令自己走下去的动力。许一海的承诺是江念等下去的动力，江念的等待也成为了许一海坚持奋斗的动力。

2006年的夏天，就在许一海跟江念说自己已经攒够了四万块钱的时候，许一海的父亲被查出肺癌晚期，由于治疗无效，不久之后去世。许一海打来电话，声音干涩嘶哑，听起来很疲惫，问江念能不能回去吊唁他父亲，江念答应会尽快回去。

02

那个时候，江念的父母把多年的积蓄用来开了一家日式料理店。许一海打电话来的时候江念正忙得无暇分身，直到许一海的父亲已经去世了四天，江念才连夜赶回了长春。

从那个时候起，许一海看向江念的眼神里就多了一丝怨恨。"在你眼里，生老病死都抵不过钱是吗？"许一海的怨恨让江念顿时感觉浑身冰冷，说不出话。

沉默良久，许一海痛苦地动了动喉咙，接着说："现在，我没有积蓄再娶你了，别等我了。"

江念抱住许一海，苦苦地哀求："一海，对不起！除了你我什么都不要了！"

江念愣愣地躺在床上，脑子里一直重复着许一海说的那句："你明天回北京吧，好好照顾自己，我这样的人给不了你未来，就当我负了你。"

回想起许一海的母亲看到自己的时候，哭着喊着："就是你们，害得我丈夫累得病情加重，他本来可以早点治疗的，你们全家都是恶魔……"

江念明白原来她和许一海之间不仅仅存在着感情，还有一道当时无法跨越的道德压力。整个镇子里也都流传着是江念一家苦苦相逼，才导致许一海父亲的早逝。

许一海做了这么多，江念甚至不敢想他到底在内心做了多少挣扎。而令江念感到更无力的是她除了听许一海的话根本做不了什么。

回了北京之后，江念每一年的生日都会给许一海发信息，直到号码变成空号。江念就写信给许一海，每封信的尾行都会写上一句：我在25岁等你。但却始终没有收到回信。

03

这么多年，江念的父母深知她对许一海念念不忘，便不再插手她的感情生活。

江念再次回到长春的时候，那座小镇早已经被拆迁改造成了街道。许一海家的地址变成了一家商店，街道上有一个新的邮箱。邮递员打开信箱的时候，里面还有最近江念写给许一海的信。江念抱着那封信蹲在邮箱旁突然就哭了起来。

邮递员问她怎么了,她说:"你认不认识许一海?他家里曾经在这里开过许家饭店……"邮递员想了一会儿说:"好像是有这么一家饭店,不过听说老板去世之后,老板娘没过多久就疯了,误食了一大把安眠药送去医院没有抢救过来。他家儿子几年前卖了房子去青海当了兵,听说前两年还在那里结了婚。"

江念只觉得脑袋"嗡"的一声,把信贴在胸口,喃喃地说:"我这辈子就爱过这么一个人,可我永远也还不清许一海的好,我们再也不会有任何交集了。"

江念摇摇摆摆的身影在小镇上越来越远,她抛下那些信,把年少的回忆和许一海一并留在了这个镇子里。

回到北京后不久,父母给她安排了一场相亲,江念接受了父母之命,媒妁之言,跟一个日本的外交官结了婚。对方虽然比她大了整整十岁,但除此之外,两个人的结合好像也并没有太多不妥的地方。

江念想,到底,自己还是没有嫁给爱情,而是嫁给了一个合适的人。

可是,这样也好,至少江念遵守了当年25岁的约定,对自己来说,她也无愧于心了。

手机扫一扫
听酒馆故事

所有的离开 大概都是因为不爱 ｜ muse

忍冬和他分手两个月了。

他们是在酒吧认识的。那是忍冬第一次去酒吧那种地方,虽然说除了装修和人群之外,清吧好像和楼下的7-11便利店没差多少,但之前忍冬还是认为这是坏孩子才去的地方。妈妈知道了一定会生气的。

玩了八年的好闺密过生日,叫了一帮朋友一起,其中包括忍冬和他。当晚主题叫:不醉不归。忍冬不喜欢这种气氛,带着暧昧与凉薄的假装热闹的人群。

她只顾在一旁听他们讲话或者玩游戏,然后误喝了他的一杯酒,醉倒在了沙发上。是他送忍冬回去的。

几天之后,忍冬发现,自己好像有点想他,就像想念那天晚上的那杯酒一样,心里痒痒的。找闺密要了他的微信,理由是自己都没有好好感谢他送自己回来。其实两个人做了这么久的朋友了,她早就猜到忍冬可能是喜欢上那个小男孩了。

闺密偷偷发了个消息给他,让他好好说话,不要调戏忍冬小姑娘。

感情这种事情一来二去,你来我往,三下两下就熟络起来了。

看他的朋友圈，忍冬觉得他可真是个积极向上的好少年。日常都是关于学习和运动，或者和男生朋友吃饭出游，从没发过和其他女孩子有关的东西，上次去酒吧给闺密庆生，似乎也是不曾在他生活里发生过一样。

忍冬不知道第一句话怎么开口才好，好像不管怎样说都显得自己目的很明显。

只好说了句："那天晚上，谢谢。"

"怎么个谢法？"

"你想怎么谢，随你。"

"那不如请我喝杯咖啡吧。"

"好。"

01

那天在咖啡馆聊了很多，谈起毕业后打算去哪里工作，想要过什么样的人生，以及过去的感情经历。

他跟前女友分手半年了，现在两个人没有联系，当初是他放她走的，也是希望她遇见新的人，有新的更好的感情。

这半年来，也痛哭过，暴饮暴食，夜不能寐，抽烟喝酒，好像所有失恋的人会有的恶习都试了个遍，好在如今想通了，静下心来干自己的事情，准备接受新的恋情。他也觉得自己可以了。

一个月后,他跟忍冬说:"你要不要试着跟我在一起,我好像也是有点喜欢你的。你喜欢我,我知道。"

"好。"

他是一个很有仪式感的人,这是忍冬和他在一起之后才发现的。

每天都要打电话问候对方的一天过得怎么样,无论通话时间长短,也不管有没有好玩的事情跟对方讲。这是他提出的小要求。他说,感情到最后都是会归于平淡的,我会关心你包容你,你也要呵护我。谈恋爱不就该这样么。

反正不管他怎么说,忍冬都觉得对。而且一天中最开心的事好像也就是跟他说说话呀。

白天大家都各忙各的,天黑的时候,忍冬就开始盼了,自己真的很喜欢他呀,但是又怕他嫌自己黏人,所以只能克制疯狂的想念,等到晚上他打电话过来,忍冬就会喜出望外般地跟他聊天或者听他说话。

02

他在城南,忍冬住城北,见面并不容易,临近毕业了,两个人也都有很多事情要忙,他觉得这样打电话好像也挺好的,反正有时间总会见面的嘛。忍冬很听他的话,也都答应了。

天气刚入冬的时候,忍冬跟他说,学习的时候老爱犯困,趴在桌子上一睡就是一两个小时,真的是很无奈。几天之后,忍冬收到一个包裹,是一个大大的抱枕,当晚忍冬问他,他说不能陪在她的身边当她的依靠,就先让这个小东西替代一下吧。

那天晚上,忍冬抱着它做了一个很美丽的梦。

在一起后的第31天,忍冬生命里才真正入了冬。

那天晚上,他喝酒了。他跟忍冬说:"就喝了一点酒,没事的,你知道,我酒量一直很好。"

"你一个人喝的吗?"

"嗯。"

"你是不是在抽烟,我听见了打火机的响声。"

"嗯。"

"你怎么了,有心事?"

"没事。"

忍冬确定他是有心事的,但是他不愿说,忍冬也就沉默了。

"我想她了,忍冬,我发现我忘不了她。我以为自己能够忘掉她的,至少不会影响我开始一段新的感情,可我发现这真是一件困难的事情。这几天晚上跟你挂掉电话,我都会想起她。我对不起你。"

"没事的。我会陪你一起,等你忘掉她。相信我。"

"我忘不掉的,忍冬。我们分手吧。这样对你不公平。我不想和你在一起的时候脑子里还想着她,这样令我很痛苦。这件事情本就是错的,我们不能一错再错了。"

忍冬知道,当一个男生对你提出分手的时候,那就真的是无法挽留了。前女友已经是个很充分足够的理由了。她不得不放他走。

"那就再见吧。等你觉得自己可以接受其他女生的时候,如果你还喜欢我,记得重新追我。我等你。"

03

忍冬以前不知道,一个男生不再爱你的时候,可以多么绝情。

他可以当作好像什么都没有发生过一样,就当是在你的生命里走了一遭,把你的内心搅了个稀巴烂,然后觉得索然无味,便自顾自地朝前走去,誓不回头。

刚分手的时候,忍冬还抱有一些希望,觉得他应该会有一点不舍吧。事实是,他对所有和忍冬有关的东西都视而不见,电话不接,消息不回,仿佛从忍冬的生命里消失了一样。

那是忍冬第一次知道了安全感的缺失是怎样一种滋味。

这个冬天未免也太冷了吧,忍冬觉得她大概是过不去了。

可是,有什么东西是真的过不去的呢?

你说你最喜欢鱼,可是没有鱼的时候,你还是要吃饭的。没有了他,忍冬还是要好好生活的。

凤梨罐头的保质期是15个月,可乐打开以后24小时就要喝完,吻痕大概一周后就能消失,两个人在一起6个月以后才能度过磨合期,似乎一切都有限期。

就算我对你的喜欢遥遥无期,时间久了,也会疗愈的。伤口总会结痂的,尽管那是伤口。

其实到最后,你总会想明白一件事。

有些人只能成为生命里的刺客,你不知道当初他攀上你的高楼,是因为一时英勇还是一时冲动。事后想来,他并非恶人,也并非英雄,那只是青春里,一场意味不明的行凶。

算了吧 是我爱累了 | 沉水的鲸鱼

在飞机上刚读完《摆渡人》的时候，窗外是一眼望不到边的白色云层，仿佛一片雪白的荒原，觉得每一个人在自己的荒原上行走，却没有那么容易遇到那个因自己而存在的摆渡人，心里有些难过，然后想到了我一个朋友的故事。

朋友小融在初中二年级的时候遇到了一个特别的人，他叫易远，喜欢发呆，喜欢看小说，脾气超级好。是她的初恋。

他们在一起的原因，让人忍不住莞尔。男孩子因为和兄弟打赌随便找了女孩子，简单地说了一句："我喜欢你，我们在一起吧。"而这个女孩子抱着和别人谈恋爱好玩的心态，于是干脆地答应。

这在我眼里，感觉是过于草率的。可也不禁心生艳羡，想到这么些年自己小心衡量、精心挑选，仍旧孑然一身。

爱情是一场赌博，拿自己的爱赌别人的爱，而很多人大抵还是少了小融这样的勇气。

01

在一起之后，易远被家人安排到了部队，一个很远的地方。

于是他们之间开始了长时间的异地恋。

在见不到面的日子里，一部只能打电话发短信的诺基亚110就是他们唯一的牵连。

那时候小融爱玩爱闹爱张扬，整个班都知道她有对象。而她也不在乎成绩，不在乎夜里两点，甚至不管是否在上课，她都会趴到桌子底下接男朋友的电话。

和所有爱情刚开始的时候一样，他们感受着彼此的温暖，也因为异地恋而思念到肝肠寸断。

小融曾无比感慨地说，她觉得他们真的是有缘分。

她爸爸和易远爸爸是同学，她舅舅和易远的爸爸是好朋友，她妈妈和易远的爸爸又是同一天生日，然后易远姑姑们的名字还跟她姑姑们有重名。

这一切让她听到发愣的巧合，也让我听到咂舌。这世间就是有这样的巧合，仿佛在表明这是一段天赐的姻缘。

让小融至今依然感激的事发生在2014年。

那一年，小融已经上大学，他们的关系也公开了。那时小融的爷爷生病，小融在学校来不及赶回去照顾爷爷，从部队复员在家的易远听到小融手足无措的哭诉时，决定替小融去照顾爷爷。

爷爷当时已经昏迷，大小便失禁，上厕所很困难，而易远就那样不嫌脏不嫌累一直照顾着小融的爷爷，连小融的姑姑最后都对小融大加赞赏易远的孝顺。

照顾宠爱，天凉为你添衣，干燥为你递水，提醒你外婆的生日，照顾你的家人比你自己还上心。

这样好的人，突然就让小融下定了决心，这辈子都想要和他在一起。

02

2015年，他们准备结婚了。

可就在决定结婚前的那段日子，他们开始频繁吵架。从开始的吵过第二天就好，不需要谁哄谁到冷战，从冷战一天两天到后来的一个星期、几个月。

感情出现了莫名其妙的裂痕，婚姻成了他们累了乏了依然不甘心、慌乱想

挽回的最后一剂药方。

小融记得很清楚，2015年正月初二，这是他们最后一次吵架，这一次冷战一直持续到了三月份，中间的反复更不用多说。终于挨到了年底，订婚的日期确定在腊月二十九。

可就在腊月二十八下午四点，小融接到了易远的电话，易远提出分手。

他们可能都不知道，将近九年的感情，在这一年里悄无声息地被消耗。

九年，这九年里的每一天，小融都坚信自己会成为易远的妻子，与他把酒言欢，与他共度黄昏。可最后，一切都灰飞烟灭了。

一个人的一生，能有多少个九年呢？这九年里，爱情开始，结束，兜兜转转，无果而终。

小融说，当她哀求着问出那句"我们和好吧"的时候，易远给她的答案是："算了吧，我太累了。"

后来小融深夜梦回，反思这一段感情，发现那么多次的争吵，那么多次的冷战，自己似乎从来都没有主动找他和好，跟他认错。

没有付出，一味索求，恃宠而骄，没有站过他的角度，没有替他去考虑过任何。

03

分手后，小融一直很难受。

一段融进骨子里的感情突然消失，这种透支了生命全部热情积蓄的痛，如果要形容，大概就是刮骨剜心吧。

小融说："分手到现在279天，刻意不去想有关他的任何事情，想让自己好过一点，不想继续守着回忆，想跟他说一声对不起，谢谢他在过去那么多年里陪伴我成长，教会我很多事。真希望在爱情里的人们都能懂得，不管是谁，主动久了都会累。"

小融语调平淡，听不出多起伏的情绪，可偏偏是这般的平常，却让人尤为感受到压抑的悲伤。

以前经常听人说做人做事要主动，可是在爱情里，不管是谁，主动久了都会累吧，就像小融的这段感情一样。

如果你在意这个人，当他跟你说"没关系，你只要迈出一步，剩下的九十九步他来走"的时候，你就走过去吧，不要让他一个人走，会孤单。

而其实这世上的所有路，两个人一起走，真的才是最幸福。

爱情里没有谁有义务一直对你主动积极，所以如果你遇到了，希望你给予回应，好好珍惜。

手机扫一扫
听酒馆故事

小七：

你把一天分成白天和黑夜

把一周分成工作日和休息日

把一年分成春夏秋冬

把一生分成少年中年和老年

而对我来说，一天和一生一样

都是用来想你、见你和爱你

我不想谢谢你，
但我谢谢
曾遇见你 <u>04</u>

带你走向街头 | 王大纯

我一直觉得,很多事情要一时冲动更有意思,比如一时冲动离开家里到北京,一时冲动租了一个很贵的房子,一时冲动谈了恋爱,一时冲动养了一条狗。

很多事情不用考虑什么对错,安静跟着直觉走,然后享受后果就很好,而且一时冲动的结果也不是坏的,我到北京之后找到了不错的工作,我的房租每天都在督促我努力工作,我的狗狗虽然总是弄脏我最喜欢的地毯,可是它每天都蹲在门边等我回家。

我做过很多一时冲动的事情,只是我没想到过,和刘嘉木这一场一时冲动,只是走到了这里而已。

前年我刚到北京时还喜欢泡吧,可能那个时候觉得会喝酒的女孩子很酷,觉得喝了酒就能变成坏女孩,我从小到大也没做过什么出格的事情,爱上了那种微醺的感觉,整个世界都很暧昧,有时候还可以旋转,我体内封存的小恶魔要在这个时候才能释放。

我把这种释放叫作自由。

刘嘉木就是在我想做坏女孩那段时间认识的。

当时我和几个好朋友坐在五道口的一家小酒吧里,一边玩骰子一边喝龙舌兰。说真的,我对玩骰子这个游戏一无所知,我对龙舌兰这种酒也一无所知,短短半个小时,大半瓶龙舌兰就进了我的肚子里。

不得不说,当代年轻人怎么那么爱泡吧,酒吧里人挤人,我和旁边的男孩子挨得很近。我酒量很差,却喝得毫不犹豫,我清醒地记得本来我头晕地趴在桌子上,结果一个猛子坐起来没忍住吐了旁边男孩一裤腿,我晃着脑袋和人家说了对不起之后就丧失了记忆。

第二天我是在我家厕所的地板上醒来的,左手扒着马桶,右手拿着手机,好朋友在微信上给我留言:"服了你了,酒量这么差还敢这么喝,你知不知道你昨晚吐在出租车上我赔了人两百块,还有你吐了一个男孩一裤腿,我替你答应给人家洗裤子了,你自己打电话过去。"

我顺着电话添加了男孩的微信,我知道了他叫刘嘉木,不怎么去酒吧的他,想不到那天中奖率这么高,让我一吐一个准。

我本想转钱给他让他自己拿去洗衣店去洗,可是看了看他的朋友圈觉得这个男孩子长得还不差,决定请他吃个饭赔礼,毕竟这种好看的男孩,资源要储存,不光为了我自己考虑,也为了我身边广大单身女青年考虑。

和刘嘉木用请他吃饭和他回请我吃饭的理由见了两次之后,我们就打得火热,迅速进入了暧昧期,或者说是我很主动地贴上去,是我的主动追求期。

我关心他早餐吃什么,午餐吃什么,晚餐吃什么,要不要来点夜宵呢,我总是问他你饿不饿。他笑我,你怎么就知道吃呢?

我问他晚上要不要和我一起看电影,要不要明天一起看电影,或者后天一起看电影？他笑我，傻丫头为什么一定要看电影？

后来我们在一起时吵架，他说他的不满给我听，还以为你是一个有深度的人，谁知道你只会问我要不要吃饭，要不要看电影，没意思！

我把门摔得飞起，拉着我的狗在我家楼下的院子里疯狂跑圈。

我讨厌吵架，对所有情绪我喜欢忍着，我觉得吵架就是两种结果，一种是分手，一种是沟通，可我不觉得我们俩能沟通，我又不想和他分手所以我觉得我可以自己消化。

我坐在院子里的长凳上吹夜风，我的狗坐在我旁边舔舔我的脸，可能我真的不是一个有深度的人，可是我是一个爱他的人，要他吃饭是因为他说过他总是很容易就饿，那些我提起的电影明明是他说过很期待的。

每次吵架都是这样子，我坐一会儿他就会下楼来，一声不响地牵过我的手把我拉上楼，到家门口说："你不喜欢我都处理掉了。"我知道他的牵手里和语气里有一丝不情愿，因为他常常说我是没事找事。

我是这样的人吗？我不是，只不过是他的没事在我这里就是有事，像上次他在朋友圈发我俩的合影，他前女友的一句讨人厌的评论彻底坏了我的好心情，我当场和他争吵起来："你前女友就是有病！蠢货！你到现在还和蠢货玩所以你也不是什么聪明人！"

他觉得我无理取闹，难道前任就不能做普通朋友了吗？而且他惊讶我怎么能知道谁是他前女友。

我当然知道了，永远不要低估一个女人对蛛丝马迹摸索的能力，我甚至知道哪个女孩是他前前女友。至于到底能不能和前任做朋友，我这里没答案，反正我没有，或许是我不喜欢和别人藕断丝连。我好朋友让我别在意，成年人感情不在交情就不能在吗？

追究到底，或许是我没有安全感，主动喜欢一个人太累了，我要担心他随口讲出来的话是不是真的，也要担心我最近是不是又太主动了。

我有时候很怕我变得不可爱，你们知道那种感觉吗？我遇到一个喜欢的人，特别的人，我希望我在他眼里永远是可爱的，我不想和所有女孩一样歇斯底里，日常抽风，我怕我变成一个嘴巴恶毒又会嫉妒别人的人。

我嫉妒一切见过刘嘉木辉煌时刻的人，我嫉妒一切在他身边陪过他的人，我嫉妒有些女孩子收过他的晚安信息，我嫉妒有些女孩子曾被他疼在手心里，我也嫉妒所有坐过他副驾驶座位的女孩子，也嫉妒在他家拍过照的女孩子。

如果我和刘嘉木分开，我会不会也是一个被后来爱上他的人嫉妒的女孩？可能是吧。毕竟我们也有过很多很多好时候。

我记得我和刘嘉木后来又去喝过一次酒，我俩在胡同拐角的酒吧里，暧昧摇曳的昏暗灯光里，我觉得刘嘉木的眼睛里有星星，不，是有银河，看着看着，没喝酒也醉了，我想一头扎进去，做一颗安稳的小星星。

台上的男生抱着吉他唱着歌，我们喝了一杯又一杯果汁，那个时候刘嘉木说他不喜欢我喝酒，我就不怎么喝了。但是那晚我看酒单上有一种酒叫"带你走向街头"，我觉得这个名字真好，我也想让坐在我对面的人带我走向街头，走向宇宙，走向我们以后未来的每一步。

我对刘嘉木说："我想试试这个。"

可是酒上来的时候我就笑了，这是一杯被装在一次性塑料杯里的酒，两支吸管一前一后挤在小小的杯口。我看了看配酒，里面有金朗姆莱姆和蜂蜜，可能这才是真的"带你走向街头"吧，热烈躁动和甜蜜，还有塑料口杯的甜蜜，像极了当时的我和刘嘉木。

那天晚上，我拿着这杯酒和刘嘉木一起，他拉着我的手带我走过天桥，我们在天桥上看着闪闪灯光接了一个长长的吻，他拉着我的手带我走回我们

现在分开了,不是因为你不好,
也不是因为我爱上了别人。
如果非要找一个原因,
那大概就是时间在流逝,
而我们彼此,在成长吧。

住的小区，整整11公里，我们走了两个小时，我们两个都是汗手，但这期间刘嘉木一直拉着我的手没有松开过。

走到小区门口，他轻轻蹲下来执意要背我："我会好好爱你的。"我趴在他的肩膀上，觉得这一刻要是永恒就好了。可是我太胖了，永恒太短了。

还有我的狗，是刘嘉木买给我的，因为有一段时间我天天在他面前晃悠，说我要养一只狗，我喜欢，我想要。他和我讨论了一晚，说："狗不是宠物是家人，你能保证你每天都遛它，每天都好好照顾它吗？你那么贪玩，今天去这里，明天去那里，狗怎么办？"

"不是还有你吗？"我冲他撒娇，一个劲儿往他怀里钻。

和爱人一起养只狗也是我的愿望，之前我也爱过很多人，却没有这种想法，因为我觉得宠物是羁绊，我说过我不喜欢一切藕断丝连。

可是和刘嘉木，我想和他养一条狗，这样每次吵架分手，想想我们的狗要跟谁这个难题也就会和好吧，这样就算分开也要让对方有牵挂，你恨我也无所谓，反正它是我们一起养大的，你爱它，你就会记得我，能让我们永远渗透到对方生命里的，除了孩子就是宠物，感情就是这么虐才行啊。

我要捆绑你，让你永远和我有关系，反正我不怕，因为我从没想过离开你。

还记得我说过我要做一个坏女孩，其实我想要洒脱又想无情，我从没想过为谁洗手作汤羹，煮方便面也没想过。可是我没出息地很努力地做一个听话的女朋友，我可以乖乖等刘嘉木下班，一边写稿一边问他什么时候回家，最开心的是听他说马上到家，最快乐的是我给他煮泡面时他从背后抱住我。

我觉得这样下去就很好了，可是我还是忍不住没事找事。

有一次我刷微博，发现刘嘉木的前女友分享过一条在刘嘉木公司附近火锅店的定位，我记得那天刘嘉木说要和同事加班，发信息跟我说要和同事一起吃饭。我安慰自己说，没事的，只不过是一起吃顿饭而已，说不定有什么重要的事要沟通。可是我翻翻那天刘嘉木的朋友圈，他分享了一条很奇怪的心情。

我啊，不可爱，不够可爱，太不可爱，我又忍不住问他："不是处理掉了吗，我再仔细看一看，还是哪里都能发现那些奇奇怪怪的东西？"他冷眼看我说："你是不是有病？"

那晚我像个疯子，我大吵，我大闹，我的狗在我脚下转来转去。

"对，我就是有病！"我又转身跑出去，把门摔得生响。

我听见刘嘉木喊着："那你就找一个没有谈过恋爱的处男啊！"

这次我没有牵我的狗，我忽然觉得无趣，我厌恶这样的自己，有时候太喜欢一个人也是病，这种病太折磨人，像是夏天在发烧，一边冷一边热，根本找不到舒服的治疗方案。

可能是我真的无理取闹，像有一次吵架我说："刘嘉木我感觉不到你爱我，你没有给我安全感。"我气得把我们一起去宜家买回来的杯子摔了个粉碎。

其实杯子碎的那一瞬间我就后悔了，我说刘嘉木不爱我，可是碎掉的杯子在替他说他爱我，冰箱里他给我冰好的西瓜在替他说他爱我，床头他帮我准备的布洛芬在替他说他爱我。

生活是一场蜕变，
是退潮时海滩上的贝壳沙砾，
是一片狼藉后的本真，
是没有保护色的你和我，
是重生的你和我。

一个人的感情是有限的，每遇到一个人都会分走一些情感，当感情所剩无几的时候，那个人要么变得滥情，要么变得薄情。

我忘了夜是什么味道，

是灯下两人杯中摇曳红酒的涩，

是沙滩上晚风轻轻吹过海浪的咸，

是彩色马卡龙在白盘子中跳跃的甜，

是你穿过高楼大厦，

牵我手吻我额头时飘散的男士香水味。

他爱我，是街边那个吻，是他蹲下来时的背影，是他给我点的那杯走向街头。

我想是我太用力了，我想要在刘嘉木那里寻找强大的安全感，可是我的安全感，在他那里又都是小题大做罢了，说到底，是我一开始爱得太主动，我心虚。我病了，我爱刘嘉木，可是我不爱这样的自己。

刘嘉木这次没有追下来，我在长凳上坐了一会儿之后突然想到，我们喝酒那天，酒吧里那个男歌手唱的是《瘀青》：

想起一出好久好久的电影
谁陪我看过 却无言证明
竭力去拥有之后
只剩过火的瘀青

我没有再上楼去，刘嘉木没有再来找我，想不到这是我们最后的默契，因为我始终学不会love you tender，我爱得太过火，我弄疼你也弄疼我自己，我们身上太多瘀青，这也是我离去的理由。

你总会遇见 那个刚刚好的人 | 婧雅

静和坐在我的对面，跟我讲完了她和辰的故事，那一刻，我看到她眼里的幸福感，让我有一种岁月静好的感觉。

我知道，就像我一直以来都相信的，这个世界上，总有一份刚刚好适合你的爱情，它独一无二，等你发现。

静和说，她的初恋很晚才出现，所以当真的遇见他时，就觉得是用光了自己一辈子的幸运。

静和很爱她初恋，是那种全力以赴，又小心翼翼的爱。她为初恋改变了许多：她是多安静的女生啊，但为了他学会讲笑话；她不善交际，但初恋喜欢，每次约会的时候都会带上自己的哥们儿，静和就说没关系啊，真的不介意；静和不爱时髦的装扮，总是简简单单，但初恋的眼神扫视一眼静和，她就明白他其实是希望她能出现得靓丽一点。

第一次的爱，总是毫无保留，给他十分，自己却不奢求一分。

可到最后，甚至两个人已经订婚，初恋还是对静和提出了分手，理由很敷衍：性格不合。

后来静和也过了一段游魂一样的日子，那时周围的人都对她忧心忡忡。只有静和默默度日,绝口不提爱情。

一天,一向话少的父亲对静和说:"丫头,你知道吗,你失恋那天,你妈妈缝了一夜的被子,那是她为你嫁人早就准备的。"

静和听完,心痛得透不过气。她给闺密敏儿发了条微信说:"我想谈恋爱,但我没有力气再寻找了,你帮我吧。"

01

后来,敏儿就把辰介绍给了静和认识。

那是在静和失去爱情后的第199天,遇见辰的方式是天底下最不浪漫的一种——相亲。

每个人的一生都会遇见两个人,一个惊艳了时光,一个温柔了岁月。

如果说初恋对于静和来说是一场不真实的梦境,那么和辰相处的点滴则来得殷实和平凡。

与初恋的热情阳光不同,辰在很多地方和自己很像:比如,他也不喜欢说话,比静和还要不善言辞;他也是那种很简单的人,常常喜欢穿的是一件比他的年龄要略显成熟的蓝格子衬衫;他也喜欢宅,对很多事有自己的观点却不尖锐张扬。

两个人在第一次约会的时候,静和就忍不住在想:这样相像的两个人在一起,应该会很无趣吧。

那次见面后，内敛如辰，也没有急于表达自己的感情，以朋友的方式和静和保持着联系，两个人也慢慢地变得熟悉，没有暧昧，一切看上去都很平常。

直到静和生日那天，忽然收到辰的礼物，纸条的背面是辰写的一句话："我喜欢你。"她才突然意识到两个人的感情并不像她想的那样。

其实她也并没有做好准备迎接新恋情，她只是想一个人继续矫情地缅怀上一段感情罢了，这才陡然发现自己和辰的相处其实是那么的漫不经心。

发微信给辰："对不起，我好像还没有走出来。"

良久，收到辰的回复是："我知道，没关系，我可以等。"

02

其实静和不相信一个人真会去等另一个人的。

在这个速食时代，等待听上去就是一件多么奢侈到不合时宜的事啊。更何况，每个人的感情和精力都是宝贵的，她有什么资格让辰等她呢？

只是静静的，从此静和的周遭真的多了一个辰。

静和的工作需要经常外出，辰没有汽车，但有全世界最准时的电动车，无论静和什么时候要走，什么时候回来，他都会风雨无阻地接送。

辰的生活态度很简单，对任何东西都没有过多的奢求，唯独一点，他期待静和说出自己想吃的东西，好像那对于他就是最开心不过的事了，他一定会在下次见面时带给静和。

静和爱好唱歌，但静和的朋友少，胆子又小，不好意思在人前唱，辰就自告奋勇当听众，静和发现，在辰面前自己竟能表现得很自然，放心当两个人中间的麦霸，而辰会静静地在一旁录下静和唱歌的样子。

有一次，静和工作上不愉快，发朋友圈说要来一场说走就走的旅行，要去平遥。结果清晨就收到辰的邮件，那是他连夜做好的平遥旅游攻略。

后来，介绍他们认识的闺密敏儿也问静和："辰到底是什么样的呢？"

静和想了想说："不知道为什么，和他在一块儿的时候，我就好像变成了我们两个里话比较多，意见比较多，人也比较聪明的那一个。我可以说自己不着边际的想法，无所顾虑地唱歌，整个人的状态都会变得很放松很舒服。"

说完这些，静和没再继续，因为她知道自己心里其实有抱歉，抱歉在不知不觉中已经让辰为自己做了那么多。

她也没有说，其实在这些经历中，连她自己也没有发现对辰的感觉已经由最初的好感变成了类似喜欢的感觉。

虽然，不是那种流星划破天际般隐藏着悸动的喜欢，但很真实，很温暖。

03

在静和的印象中，辰从来没有对自己说过什么海誓山盟的话，他应该是那种连道歉都只会说对不起的人吧。

那一天，辰推着车送静和回家，静和显得比以往都更沉默，见她不说话，辰也只是推着车默默地跟在静和身后。

"你有什么不高兴的事吗？"快到家时，辰问。

"没事，我们发微信吧。"静和说。

到了家，静和就忍着眼泪给辰发了一条微信："如果一个人很爱你，但你却不能回报他同样多的爱，该怎么办？"

是的，静和是喜欢辰的，但她同时也知道，自己再也不可能像第一次爱一个人那样爱辰，这是遗憾，也是在这段感情中她对他的亏欠，而当真下定决心问出来，在心里感到一丝轻松的同时，更多的却是害怕。

而辰的回答是："没关系，在两个人当中，总会有一个人，爱另一个人更多。"

王菲有首歌叫《红豆》，歌词写得很美。许多人终其一生都在寻找，只不过以为要的是永垂不朽，轰轰烈烈，其实内心深处最渴望的是一份静水深流的感情。

提起他，你总会不疾不徐，平和喜悦地说，其实当遇见他时，也不觉得他很完美，但是相处下来会发现，他的许多东西于你都刚刚好，他的理智正好中和你的多愁善感，他的大度刚好匹配你的不拘小节，你的聪明遇上他的木讷就会碰撞出独一无二的有趣。

而还有一样，也一定有一样是更加匹配的，那就是他的始终如一正好敌得过你的忧心忡忡患得患失。不管你走得或快或慢,他都愿意陪在你身边和你保持着同一步调,因为他比任何人都相信他是可以牵着你的手共赴未来的。

静和对我说,其实遇见刚刚好的那个人,爱情就真的会变得简单了,不用做任何别扭又违心的改变,就可以很自然。

后来,要告别了,我突然想起什么,就问静和:"辰对你说过最甜蜜的话是什么?"

静和很认真地想了想,说:"有一天我们一起去看表演,出来很晚了,他还要负责送我回家,刚好电车又没电,我俩就推着车一边走一边找充电站。路上我开玩笑地问他,每天都要送我回家,很烦吧?"

他说:"不烦,一辈子都不会烦。"

多幸运 遇见了一个你 | Amy

"小艾，下个月15号我的婚礼，你放假回来吗？"

这是唯一也是至今都保存在手机收件箱里的短信，每次翻看它的时候，我都有一种不可思议的感觉，表姐结婚已经三年了。表姐和她先生是相亲认识的，两人确定关系的时候她就给对方起了个有趣的名字："木瓜"。第一次见面的时候，我有点被惊到了。他脖子上戴着很粗的金项链，手上戴着金戒指，满身的暴发户气质。

吃饭的席间，我借口去洗手间的空给表姐发了条消息："亲爱的，这人跟你实在不是一个档次，今儿不是愚人节，开玩笑一点都不好玩。""他人很好的，家里都打过照面，我们快结婚了。"看到回复的时候，我觉得这个世界疯狂了。

表姐有着良好的家庭，出众的长相，从小成绩就好得让人嫉妒。读书期间，我亲眼见证了她与某人一段甜蜜难忘的恋爱，我以为那个人会是未来陪她度过下半生的男人，可现实中的无奈让他们分手了。表姐搅动着手里的咖啡，沉默不语。我大着胆子问她："姐，你想好真的要结婚了吗？"

她淡淡地笑着说："喜帖都发出去了，肯定要结呀。"我赶忙说了句："只要没有领结婚证，什么都来得及！""小艾，真不好意思，我和你眼里的暴发户先生已经是合法的了。"她捂着嘴巴偷偷笑着，我有一种被雷击到的感觉。

01

从年龄，工作再到家庭，我把准姐夫的信息迅速地掌握清楚，还好没我想象得那么糟糕。

生活是如人饮水，冷暖自知，爱情大抵也是这个样子。

坦白地讲，对于我的准姐夫，我是不喜欢的。他长得一般，学历也不高，年龄还比我姐大不少，总之就是很普通。

婚礼前夕，我的表姐在房间哭了，她认真且专注地看着录播的VCR。我看到了很多的爱心卡片，听到了很多陌生人的祝福，最后视线定格到一个举着戒指笑得傻乎乎的男人。耳朵里剩下的只有一句："贺琳，这辈子只要有我在，就不会让你掉眼泪的。"

我不曾想过，这个看起来粗枝大叶的男人会有如此细腻的心思。对于另一半，我们每个人都会有无限的幻想，他一定是满足你内心所有期待最好的人。可是，一个能费尽心思给予对方最大的感动、最踏实的话语的人同样也很不错。

02

人们说爱情是月色，诗歌，三十六万五千朵玫瑰，加上永恒。婚姻却是账簿，证书，三十六万五千次争吵，加上忍耐。

出去逛街，看着表姐脸上洋溢着幸福的笑容，看着她吃着甜品笑得跟个孩子似的模样，我知道，她选择的这个男人对她是真的好。

我想起了深夜里和她的聊天，她说自己以前遇到的爱情不是甜得发腻，就是苦得心酸，所以她只渴望平平淡淡踏实的生活，即使那个人不是最匹配自己的。

表姐是幸运的，遇到一个足够宠爱她的人。他会用平实的语言安慰她的内心，他会认真地聆听她说的每件事情，他会尊重支持她的每一个决定，他看出了她的逞强，保护着她的脆弱。他更加纵容表姐所有的习惯，爱着她的一切。

孩子出生的那天，我姐夫一个大男人在医院哭了。护士从手术室出来的时候，他第一句话就问："我媳妇还好吧？"

病床旁，他对我表姐说再也不要孩子了，他怕。然后，他才想起大姑怀里抱着的儿子。他笨拙地抱着那个小小的生命，用无比轻柔的声音说了句："宝宝，爸爸一定会保护好你和妈妈的。"我知道，这是姐夫对家人最朴实的承诺。

03

《蒙田随笔》里说，最美满的婚姻是由聋子男人和瞎子女人缔结而成的。

姐夫是一个憨厚的男人，表姐是个有点自私的女人。他们的婚姻，有失去，也有得到。唯愿这一生，他们执子之手，与子偕老。

一直都很喜欢某电影里面的话："你要相信世界上一定有爱你的人，他会穿越这个世界上汹涌着的人群,走向你。他会怀着满腔的热情,和目光里沉甸甸的爱,走到你的身边,抓紧你。"

所以,我们要等。

你是我放弃过挣扎过 还想在一起的人 | 沉水的鲸鱼

去年独自去了一趟丽江，是夏日天气。

那时住在闺密的姐姐开的民宿里，刚结束了一段让人极其疲惫的感情，心情不佳，除去外出玩的时间，大部分时候也是在客栈里帮帮姐姐的忙，或者一个人懒懒地坐在阁楼上喝杯茶然后看着外面的阳光发一阵子呆。

一次下午闲来无聊去问姐姐讨茶喝，走下了楼梯看见一对年轻人站在院子里，迎上去询问得知他们要住店。于是安排好一切后，再见到他们已经是第三天的中午。

午间犯懒，坐在自己的老地盘上打盹儿，眯着眼睛看见眼前有人影闪烁，睁开眼发现就是那日住店的那一对年轻人中的女子。

她看着我开心地笑了笑，像是抱歉打扰了我的舒服日子，然后说："今天天气很好啊，可是我身体有点不舒服，我男朋友就一个人去见他兄弟去了。"

当时我也没接话，笑了笑，给她倒了杯茶。她似是了解我的好意，拉开椅子坐了下来。于是三言两语变成了半日攀谈。

01

女孩的名字叫"栀子",这样香气的花很适合阳光炙热的天气。男朋友姓陈,相识于大学里的一次社团活动。

初相识时是初春,那时社团组织一起骑自行车去踏青。栀子慢悠悠地跟在后面,迟来的男孩于是找到她结伴,但此后也没了下文。两人的再次交集是在后来社团工作的合作中,一来二去关系亲近不少,也正因此才有了后来的纠缠。

栀子在那之前没有谈过恋爱,男孩告白的时候,恰有好感的她虽有犹豫,但也答应了。

可是,有些人为人处世很灵活,但在爱情里面就很愚笨;对朋友很好,但在爱情里就像变了一个人。和原先承诺的一切,期望的一切都不一样。在一起后,两个人的感情各种不顺,面目全非。

再好的感情其实也是要用心守护的,可一个没有安全感,另一个又不善表达惜字如金,这样的关系里,误会、嫌隙、隔阂就像平静的水流下暗潮汹涌。

"然后我们分手了。两个人在一起应该开开心心的,偶有争吵,但基调总得是风和日丽不是吗?那个时候我觉得他不爱我,他不愿意花时间陪我,也不会体谅我,我不要这样费心费力靠我一个人努力的感情。"栀子喝了一口茶,有点不好意思地笑着说,"可是,分手后,却发现,自己原来比想象中更喜欢他。"

不想明知道你对我冷漠还一心想去温暖你,不想你已弃我千里之外我还跋山涉水来见你。公平、平等的爱与被爱才是我想要的爱情。

分手后,栀子很倔,对于没有把握的爱情宁愿掐死在心里也不想放低姿态爱得卑贱。生活中的不断交集,让她挣扎难受了一年,直到毕业后彻底走出了彼此的视线,栀子的心情才有所好转。

栀子的生活渐渐正常了,一切都越来越好,可她偶尔还是会后悔,会想当初是不是自己的直接主动吓到了他,可能他喜欢矜持的女孩子。又或者男孩当初是不是只是一时兴起想撩她而已。

02

曾经在单纯的年纪喜欢过一个人,后来啊,后来也不知道我在他口中是爱过还是朋友。从来都没有说忘就忘这回事,只有假装的冷漠和偷偷想念的心。

"可能真的是孽缘吧,后来我们又遇到了。"栀子放下茶杯,目光落在院子里的花圃中。我给她的茶杯里添水,看着她浅浅的笑。

2015年的时候,栀子去北京出差见客户。Andy Chen,陈先生,原来是他。大概也没有什么比这更狗血和尴尬的事情了。

四年不见了,这不长的年月,因为不甘、遗憾、后悔和赶都赶不走的想念,变得恍如隔世。

栀子的齐肩长发变得更长了,人比以前更加清瘦。看到他的一瞬间,栀子突然懂了，如果真爱一个人，无论他最后走多远，只要他重新站在你面前，你就无法停止去爱他。

爱情和霍乱一样，突如其来无可救药。放弃一个很喜欢的人是一场自我救赎，可既然是救赎，又怎会容易。

"最近还好吗？"男孩先开口了，找不到其他的语言去表达重逢的感情，但又担心你如今已予他人真心。

"你老公应该很疼你吧，看你过得很不错的样子。"不知道你有没有婚嫁，但又不想让你知道我还放不下你，丢了脸面，不能表露得太明显。

"你一个人？刚好，我也一个人，那尽地主之谊，我带你吃晚餐吧。"邀约简单，可心里在咚咚打鼓，如果你听到了，就会知道，期待和不确定让它跳动得颇为剧烈。

淡淡地，如释重负地，收起了年少气盛时的单纯偏执，栀子答应了。不仅答应了他吃饭，还答应了他一年后的求婚。

03

"你就不怕他再玩弄你一次？"听她讲到这里，我继续给她已经见底的茶杯里添水，说出了自己的忧虑。

"我们和以前都不一样了。"她笑着看我回答道。

错过了四年，1460个日夜，35040个小时。

四年里，他收起了脾气火气不再任性淘气，无欲无念兢兢业业，只顾奔波。

四年前，我认为，他不爱我，我也不爱他，我们根本合不来，没有一点共同语言，什么都是相反的。

四年后，我才知道，离开他以后，我没有心思再喜欢任何人了，想给他的所有我再也不想给第二个人。

重逢时我们不一样了，开始好好说话，有事商量，你愿意走进我的生活里，我也愿意对你敞着心。

我顺着栀子的目光看向院子里的花圃，阳光下大簇紫色的花上蝴蝶翩跹。

花好月圆，现在的你刚好成熟，我刚好温柔，在那些彼此错过的光景里，我们经历了很多事情，可是感谢上天，兜兜转转，终使一切得偿所愿，以后的路，可以慢慢地走，给好运留一些时间。

手机扫一扫
听酒馆故事

可惜不是你 | 舒小曼

一大早接到温远的电话:"兄弟,那套房子我不住了,想退掉,你有没有空帮我把屋里的东西给清一清?"

我问他:"怎么?你个大忙人居然有空搬家?搬哪儿去?"

他说:"跟朋友合租去,我和小乔分手了。"

我心头咯噔了一下,一时间不知道该怎么接话:"怎么会这样?"

他似乎也听出了我的尴尬,接着说:"我没事,见面再聊吧。"

从温远的语气中,我虽然听不出丝毫的难过,可作为他十几年的好兄弟,我又怎么会不清楚,小乔在他心里,有多么重要。

我洗漱过后,就往他的住处赶,一路上回想起他和小乔的点点滴滴,心中十分感慨。

他们俩从大一开始就在一起了,如今一细数,竟走过了七个年头。

那会儿的小乔,是班里所有男生的掌上明珠。在那个素有"和尚班"美誉的专业里,她是为数不多的女生之一。

小巧玲珑的小乔，甜美爱笑，乐于助人，温远从第一眼看到她开始，就喜欢上她了。他心里清楚，那帮男生都虎视眈眈，再不快点下手，他心爱的小乔姑娘就要被人抢走了。

于是，温远使出温暖攻势，每天变着花样地给小乔送早餐，雷打不动地送了三个月，终于抱得美人归。

表白的那一天，小乔问他："你会爱我多久？"

温远想也没想，就回答她："一辈子。"

所有关于"永远"的承诺，在很多人眼里都不切实际，但温远告诉我，如果可以，他真的希望爱小乔一辈子。

四年大学时光，一转眼就过去了。彼此相爱的温远和小乔，抵挡住了毕业的分手浪潮，两个人相约去北京工作，并且租了郊区这套房子。

01

我赶到的时候，温远已经在收拾旧物了。

我不擅长安慰人，于是拍了拍他的肩，他抬头看了我一眼，嘴角用力地往上扯了扯，故作轻松地说："这下也好，小乔可以搬到离公司近一点的地方，以后再也不用在路上花这么长的时间了。"

他告诉我，当初为了节省租金，他们把房子租到了郊区，交通不算便利，因此他俩每天上下班花在路上的时间就要将近3个小时。常常下班回到家已经晚上八九点钟，但小乔还是会为彼此做一顿简单又用心的晚餐，她总说，家里要有些烟火气，才像是一个家。

吃过晚饭之后，他们会窝在沙发上看一会儿电影或者综艺节目，彼此聊一聊工作上发生的趣事。

到了周末，他们会一起做好攻略，到附近的城市短途旅行，或者简单地去郊外骑车运动，生活简单，却也不乏温馨。

温远说，从前拥有这份幸福的时候，不懂得珍惜，直到如今失去了，才后悔不已。

我问他："到底发生什么事了？"

他说："我以为只要我能够给她想要的生活，房子车子，我们就会幸福下去，殊不知，她想要的却不是这些。"

那一回，他俩骑车经过一个新建的楼盘，小乔看着一旁平地而起的高楼，憧憬地说了一句："咱俩啥时候才能买套这样的房子啊，在这个城市有一个自己的家！"

小乔一句无心的感叹，激发了温远奋斗的决心。

他开始努力工作，想要好好表现，不仅尽心尽力，而且经常主动加班。

可这样一来，两个人的生活节奏就错开了。小乔起床的时候，温远已经在去公司的路上；小乔一个人吃完了晚饭，温远还在公司吃着盒饭，对着电脑，修改着他的策划案；有应酬的时候，温远觥筹交错喝得烂醉如泥，回到家倒头就睡，经常顾不上和小乔说一句话。

他那么上进，那么拼命，小乔不忍心嗔怪他，只是偶尔几句叮嘱，让他记得按时吃饭，别伤了胃，或者少喝点酒，多注意身体。

02

温远不是没有意识到自己冷落了小乔，只是为了他俩的未来，他不得不暂时把儿女情长放在一边。

他想，以后有的是时间陪她，可上司给的机会也许错过了就没有下次。于是，他几乎把所有的心思都用在了工作上，两个人相处的时间越来越少，有时候甚至整整一周，都抽不出时间来陪小乔吃一顿饭。

后来，小乔实在忍不住了，对他说："你努力工作是很好，可是你也抽出时间来陪陪我好不好？"

温远那段时间正在处理一个棘手的案子，心情本来就一般，听到小乔的话，他没好气地说："我这么辛苦还不是为了你吗？"

小乔听了，蹙起了眉头。

不得不说，温远的工作能力是有目共睹的，很快他就得到了项目，上司赞赏有加，立马就给他升职加薪了。

温远做了部门主管以后，工作愈发忙碌了，他几乎没有任何的空余时间，加班、应酬、出差……一刻也停不下来。

小乔一个人吃饭，一个人上班，一个人跑步，一个人读书，对于那个名叫

"男朋友"的存在,她似乎已经很久没有感受到来自他的一丝温存了。

后来,温远凭借自己不懈的努力,为公司拿到了一个大项目,老板给了他一大笔奖金,他拿着这一笔奖金,加上自己两年多以来的存款,东拼西凑的,回到了那一天经过的楼盘,买了一个小户型,付了首付。

他本打算在小乔生日的那天,给她一个惊喜。他想告诉小乔,他一直都在为彼此的未来努力奋斗。

可是,温远没有等到那一天。

小乔走了,她在字条上留下了最后的话:"以后我不在,你要好好吃饭,保重身体。"

说到这里,温远终于忍不住内心的情绪,流下了眼泪。

03

我问他:"如果时光倒流,你会怎么选择?"

温远眼泛泪光地说:"我宁可输掉全世界,也不愿意输掉小乔。"

是啊,所谓的幸福生活,其实无关乎房子车子,倘若没有你,我就算拥有全世界又如何。

面包固然重要,可她更希望拥有的,是你给予的爱与陪伴。

在电影《人生遥控器》中,主人公迈克因为工作过分忙碌而忽视了妻子,妻子离开后他后悔不已,机缘巧合下获得了这只可以让时光倒流的"遥控器",才得以回到那些妻子还在身边的日子,弥补过去的遗憾。

可是,现实中没有这只"遥控器",时光也从不曾回头。

所以,请不要因为你的忙碌而忽视了一个姑娘的深情,请不要因为你的所谓"努力"而辜负了一个姑娘的等待。

毕竟,没有多少爱可以重来。

有些人,一旦错过,就不在。

我们再也回不去了 | 啊李

许三恒送新女友回到公寓，新女友温顺听话，柔柔弱弱，能够引起他的保护欲。不像陈小满，骨子里透着一股与生俱来的自信，每次吵架她总是能以一堆理由占了上风。

到家深夜11:30，收到微信：晚安，亲爱的。许三恒愣了愣，没有再回复。在陈小满之后，他就没有跟别人说晚安的习惯了。

当初，陈小满看到许三恒的手机里，一个陌生女孩给他发的微信，说自己是前两天活动上跟他搭讪的那个，特别喜欢听许三恒唱歌。接着发来一张露了半截胸的自拍。

"你前天参加的什么活动？她是谁啊，你看她发的都是什么照片？"

"嗯，市里的一个比赛。照片是她给我发的，又不是我问她要的。"

"你明明可以不加她的。"

"工作上你能不能给我一点自由的空间，我不喜欢别人管着我。"

01

他们爆发了最严重的一次争吵。

许三恒急切地渴望陈小满理解他、信任他。围绕着工作和女孩,他们把以前和未来的问题一股脑儿地揪了出来,吵得不可开交。每一句都正中彼此的心脏,谁也不肯让步。

两年的时间,许三恒厌倦了跟陈小满争辩事情的输赢对错。她要走,气头上的许三恒也不会阻拦,任凭她折腾,他掐准了陈小满过不了多久还会回来。

爱情里的拉锯战,不是简单的输赢就能真的论出对错,有时赢来的是道理,输的却是一段经营不易的感情。

陈小满回来的那天跟以往没什么区别。以前她睡觉一向有微微的鼾声,细微而均匀。只不过这次整整一夜,两个人背对背而睡,房间里没有了以往的轻微的鼾声。

早上许三恒醒来没有睁眼,他想起昨天他们也并没有说几句话,没有妥协和让步。他能感受到陈小满的目光在注视他,接着摩挲着收拾衣物。没多久,细碎的脚步声和轻微的关门声,楼梯口的脚步声由近及远……

许三恒睁开眼时还不明白,许多人一旦错过,接下来只能是马不停蹄地错过。

02

拉黑许三恒前,陈小满给他发过最后一条信息:"我在你身上看不到我们的未来了,你不安分,可我想要安稳。我想了一夜,咱们该结束了。"

那一刻，许三恒才真正有了失恋的感受。他真正意识到，陈小满再也不会在他不经意间出现，又不经意间离开了。

她的名字不能再被别人提起，阳台上的衣服不能再在他的衣柜里挂着，被遗忘的高跟鞋也不能明晃晃地出现在穿衣镜前，可这些东西无论收拾在哪里，他都还是会想起陈小满。

那个人之所以会被反复惦记，是因为无形中她和你的血肉一同生长，成为了你的软肋。

就像许三恒以后都不会再爱陈小满这样的女孩一样，软肋最致命，这又多像是因果报应。他注定爱过这么一个人，只是他当时太年轻，还没来得及悔恨一切，就已经被贴上了命运的标签。

直到现在，许三恒还是会偶尔想起陈小满，他想兴许那次她回来的时候，谦让一下，挽留一下，会不会就是不同的结局？

03

你有没有很想念一个人，想到梦里都是TA。

你有没有爱过一个人，爱到只有在梦里才敢说一句：我好想你。

那天晚上，许三恒做了一个长长的梦：

有一年的六月份，他跟陈小满第一次去张家界旅行。不巧赶上了梅雨季节，淅沥沥的雨下了三天，山路泥泞不好走。

陈小满嘟着嘴嘟嘟囔囔着他没有做好旅游攻略，表情跟动作像个孩子，可爱极了。许三恒看着她痴痴地笑了起来。而后，笑容戛然而止，脸上莫名有了泪水，他摸着陈小满软软的头发，缓缓地开口：我好想你啊。

遗憾的是，梦境里朝思暮想的人依旧不会逢面，时光能将很多东西改变，就连那份惦念，也会渐渐变得虚无缥缈。

年轻时我们不懂如何去爱，以至于在最好的年纪错过了最好的人，可是一旦错过，就再也回不去了。

下一次遇见爱情，希望我们都能学会珍惜眼前人，好吗？

爱过知情重 醉过知酒浓 | KO

猪头喝得酩酊大醉被人抬进寝室时,我正在床上睡得特别欢畅,左翻右跳穷伸腰,觉得床真是我的全世界。

可是就是有这么一个人,把你美好的梦境毫不客气地打碎,硬生生把你从温暖的被窝里拽醒,要你陪他再喝三百回,不醉不归!而那个人不是别人正是我的好室友——猪头。

猪头是我大学四年最肝胆相照,无话不说的兄弟。我俩一个上铺,一个下铺。他在上铺吹嘘夸口,无所不谈的时候,我在下铺和着他,无所不能地捧起一个个他吹的牛。我俩一个逗一个捧,像极了相声界的俩活宝。

只是最近我俩消停了许多,不为别的,就因为他失恋了。当看到猪头喝成不省人事的醉态时,我一肚子的起床气也只得消了。

"猴子,你再陪我喝个几杯,咱哥儿俩喝他个不醉不休。"猪头眯缝着双眼,手臂在空气中张牙舞爪地舞弄起来。

"得得得,你老人家还是歇着吧,别想着喝酒了。"我一阵好气地把他扶上了床。

正当我安顿好猪头功成身退,准备回我的温柔乡时,猪头一个激灵抓着我的手臂说:"猴子,我好想林静,我要去找她。"猪头迷蒙地说着,眼睛里全是泪水。

01

林静，是猪头的初恋。白皙的脸庞架着一副遮着半张小脸的眼镜，个子不高不矮，身材也不是那么出挑，不能说容貌不佳，但也不是顶个的漂亮，属于那种大概放在人群中不会被注意到的姑娘。

但偏偏就是这么个不那么出众的姑娘却被猪头给注意到了。

那时的爱恋干净得像张白纸，无关物质，无关风月，最是无瑕纯净。

在众多兄弟的鼓动下，猪头迎着冬夜瑟瑟的冷风对着灯火通明的女生宿舍大声喊着："林静，我喜欢你，做我女朋友吧。"在一片欢乐的喧闹中，林静被拱到了猪头面前。猪头憋着通红的脸，对一旁同样羞涩的林静说："你，做我女朋友吧。"

林静抬头看着少年诚挚的脸庞，轻声应道："好啊"。

在众人热烈的欢呼中，两人紧紧相拥，在冷风中站成了年少最美的影子。

就这样，猪头轰轰烈烈地开始了他人生的第一遭热恋，欢天喜地地开始经营起自己的感情小天地。

自此平时毛毛躁躁的猪头竟也学着细腻和柔情。以往外卖饭盒不离口的他，竟也在宿舍的阳台上挪腾了个方寸之地煮起了粥。

就算不明眼的人都能明白，刮风下雨，风吹日晒，这变化着花样的粥粥水水是给谁做的。

所以女生宿舍楼前经常能看到裹着厚棉袄捧着热饭盒的猪头在冷风中翘首以盼成一块望妻石的场景。

02

原本故事的结尾可以就此在猪头的辛苦经营中画下完美的句点，像所有爱情故事结局那样的花好月圆，甜甜蜜蜜。

但命运总是喜欢捉弄我们，熬过了细水长流终究还是没能幸福圆满。上帝把我们拉入云端就此以为祝福永存，但他一个不经意摆手又把我们甩下万丈深渊，不再回头。

"猪头，分手吧，我们不要再联系了。"林静脸色如灰，昏黄的路灯下衬着她的身影忽明忽暗。

"为什么？"猪头呆滞地站在原地，惊诧像是游走在全身上下的电流，恐吓着身体里每一个细胞。

林静转过身去，幽幽地说了句"对不起，再见"。然后，头也不回地离开了。

猪头看着林静渐行渐远，悲伤霎时间从胸腔喷涌而出。月色和着满脸的泪水，淌下了一地的阴影斑驳。

当天夜里，猪头破天荒去操场跑步。

一圈，两圈，三圈……

他跑得筋疲力尽，似乎只有这样他就可以追上心爱的姑娘。

在拨遍了林静和她室友的电话，都没人应答后，猪头决定在女生宿舍楼门口一直等。

在连续痴心奋斗了好几天后,招架不住的终于是林静的室友。

"林静不知怎么的就忽然生病了,刚办理了休学,她不想告诉你,只能离开。"

得知真相的猪头,失魂落魄了一整个晚上。从不喝酒的猪头在酒吧的迷离阑珊中翻滚了一夜,拖着酒醉颠簸的身体,一路摇晃回了寝室。

那晚猪头噙着泪水对我说:"猴子,我好想林静,我要去找她。"

03

第二天大早,猪头跟我就踏上了去林静老家的火车。从林静室友支离破碎的话语中,我们找到了林静所在的那家医院。

猪头和我急急忙忙穿过一段又一段昏暗的走廊,反复打听后,我们终于来到了林静的病房。

林静那张被眼镜遮掉小半张的脸庞,蜡黄的脸色没有了往日的白皙,少了一丝血色。

林静睁大了讶异的双眼看着风尘仆仆赶来的我们。

猪头的眼神顿时从惊诧转变成了无限的心疼和温柔,脸上滑落了心疼的泪水。

后来,在我们的追问下,医生才告诉我们林静得了红斑狼疮。

"红斑狼疮?"一颗重磅炸弹砸中猪头的脑海。红斑狼疮是一种自身免疫性疾病，谁也讲不清它的病因到底是什么。起初林静以为手上一些皮肤变红不过是过敏而已，谁知道后来愈演愈烈，大片大片的鲜红色斑竟然迅速地在全身蔓延开了。

本以为只是简单服药就可以轻松褪去的病，却在日复一日的累积中爆发开来。不得已的林静只能在父母的规劝下休学治疗。

最让林静舍不得的还是猪头。

但鲜红色斑一阵阵的痒痛提醒着她脆弱敏感的神经，不能拖累他。于是就这样仓皇地分手和离开。

而今有情人再度相聚，终于解开了分手的心结。

从此猪头又开始在寝室的小厨房里热火朝天了开来。虽然横跨了3个小时的车程，但猪头依旧如从前一样给林静煮她喜欢吃的并亲自送去。

猪头重新发挥了自己吹捧逗唱的搞笑功力，林静的脸上也慢慢恢复了往日的神情。

有几回，我跟着猪头去看望林静。阳光洒在病房的窗帘上，亮堂了整个病房。猪头倚靠在病床前，轻轻给林静喂端在手上的粥。

那一刻，我想起冬夜冷风中的那两个紧紧相拥的影子，他们慢慢地站成了永恒。

手机扫一扫
听酒馆故事

九爷：

我时常搞不懂

为什么你的脸上突然就没了笑容

明明刚刚吃了好吃的甜点

网购的衣服也很喜欢

手机里的综艺还在闹着

你坐着发呆

我喵了几声

你也毫无反应

噢

爱情

要么
别爱我，
要么只爱我
05

你为什么一直单着 | 小恭

钱钟书先生评价妻子杨绛时说:"遇到她之前,我从未想过结婚。结婚几十年,我从未后悔过娶她,也从未想过娶别的女人。"

大多数人应该不知道,在这句话之后,杨绛回应了一句,"我也是。"

前几天同一个朋友聊天,朋友说:"好奇怪啊,感觉失去了喜欢一个人的能力。"之后他又问我:"现在遇到稍微有点好感的,总觉得不敢再去付出那么多了,你说,我最后会不会只能去相亲了?一辈子可能也就这样过了吧。"

有时候我们就是这样,明明心里渴望着一段惊天动地可歌可泣的爱情奇遇,但在现实中却往往像寄居蟹一样拖着一层厚厚的保护壳,生怕自己的一片真心被白白辜负。

01

电影《推拿》里有一句话我印象极深:"对面走过来一个人,你撞上去了,那是爱情;对面开过来一辆车,你撞上去了,是车祸。但是呢,车和车总是撞,人和人总是让。"

初识爱情的时候,我们可以默默喜欢一个人好几年。故意绕路走很远去求偶遇，耐心排很久的队去买他爱的东西，满心欢喜地听他爱的歌，甚至仅仅是听到对方的名字，都会觉得浑身过电心跳加速。那时候爱情的滋味真的是太甜美了，荷尔蒙和白衬衫帆布鞋配到一起，悸动得刚好。

后来，我们开始和爱情熟识，糖衣褪去，爱情里的辛酸苦辣味味皆至，我们得到更多，同时也失去更多，这其中，就包括奋不顾身爱上一个人的勇气。

之前给一些初高中生做家教，休息间隙总是爱和他们闲聊，其中一个妹妹给我的印象最深。她总是爱跟我讨论她喜欢的男生，她说，那个男生成绩很好，她说，为了离他近一点，她愿意一直努力下去。

后来和朋友聊起来，朋友说这个妹妹太幼稚，未来变数那么多，再努力也不一定在一起。

可是如果不努力去争取一个喜欢的人，那岂不是连自己都辜负了？

02

不是爱情抛弃了你，而是你选择不再去寻找，不是没有真爱，而是你执意不再去相信。

每每回家，长辈们都会强调说，婚姻可是个大事，你爱的和爱你的，要选后者。可是，如果爱我的不是我爱的，那么在一起的时光，又能有多少甜蜜可言呢？

当我们开始质疑爱情时，爱情就变成了奢侈品。

而最初的我们，是可以因为一个眼神，一次偶遇，就奋不顾身飞蛾扑火的。那个时候,我们根本不会在第一次见面时就考虑对方的家境、询问对方的收入,那个时候,想要在一起的理由仅仅是因为我喜欢。

当我们最青涩莽撞一无是处的时候,我们最有勇气去爱人,哪怕是一个不可能的人。后来我们长大了,成熟了,事业上独当一面,一个人出行再也不恐惧迷路,到了所谓谈婚论嫁的年纪,却不敢再掏心掏肺地去爱上下一个人。

03

其实,年龄和成熟度从来都不是拒绝一段鲜活恋爱的借口。

我妈平时在家,总爱跟我爸撒娇。有一次她非要问我爸"愿得一人心"的下一句是什么。我爸忙着做饭没工夫思考,随口回了一句"跟你在一起"。却不知这句话深深虐到了一旁的我。

我爸是我妈第十二个相亲对象。那个时候父母婚姻都靠别人介绍,我妈说,遇不到合适的,就别开始,遇到合适的,就别犹豫。

不是对的人不会出现,而是我们在一次次同爱情的博弈中变得不再骁勇,遇到心动的人也不愿不敢花心思去争取。

我希望我们都能在爱情里永远鲜活,希望我们遇到那个还不错的他时,都能勇敢地问他一句:"跟我在一起吧,好吗?"

手机扫一扫
听酒馆故事

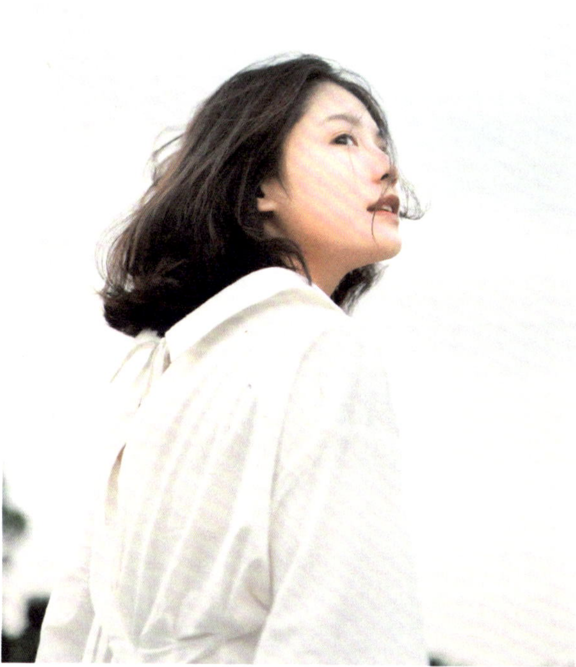

他如果爱你 就会让着你 | 尘宴

晨晨和杨树坐车到西湖文化广场后,发现地点搞错了,晨晨就一直气呼呼的。都怪杨树不帮忙查路线,不然也不会迷路。她索性绕着大运河的边上走,也不知道这条路是走向哪里。

杨树不知道她在气什么,插着口袋跟在身后。晨晨故意走得很慢,看到光秃秃的树,掉落一地的残花,破旧的船都拍照,没了好心情,连美景似乎也不复存在。

此时的杨树还不知死活地说:"快走啦,有什么好拍的。"晨晨气不打一处来:"要走你就走啊,我不用你等。"

他瞬间没了话,默默地跟在晨晨身旁。经过他们身旁的人很多,有刚放学三五结伴回家的孩子,有一起出来散步的两对母女,有结伴来杭州旅行的兄弟俩……

不知走了多久,身边的人声渐渐消失了,取而代之的是汽车的声音。晨晨才知道,自己在不知不觉中已走了好远的路。

杨树说:"天暗下来,又这么冷,还是回民宿待着好。"他说了好几次,晨晨都不吭声。后来见他不依不饶,晨晨冷冷地瞟了他一眼,说:"要回去你就先回去。"

杨树估计耐性也被磨完了，转身就走。晨晨头也不回地走进面包店，给自己点了一份半熟芝士蛋糕，恶狠狠地一口一口吃掉，就像那块蛋糕是杨树一样。

01

如果说，检验两个人是否适合一起生活最好的方式是旅行，那晨晨和杨树的不适合程度可能高达百分之九十以上。

对于女人来说，上淘宝是买买买，去旅行就是拍拍拍。作为喜欢记录美好事物的晨晨来讲，拍照更是旅途中不可或缺的一件事。

可偏偏杨树这人不爱拍照，自己不拍就算了，晨晨在拍的时候他还在旁边指指点点叽叽歪歪。好说歹说让他帮忙拍一张，不是奇丑就是高糊。

当晨晨拿着自拍杆在西湖边上找角度自拍的时候，他还在一旁笑着说晨晨幼稚。那一刻，晨晨真想一把将他推进西湖里冻个清醒！

别人情侣出游，定是牵手或拥抱耍一耍浪漫。他全程将手藏在口袋里，还叮嘱晨晨也把手藏在口袋里。晨晨厚着脸皮把手放进他外套的口袋，他纳闷地说："你自己不是有口袋吗？"按偶像剧的剧情发展，他不是应该反过来握住晨晨的手给晨晨温暖吗？晨晨无语加黑线脸。

出来几天，路要怎么走，车要怎么搭，去哪里逛，吃什么东西，他都是说："随你呀。"不帮忙计划路线就算了，去到目的地迷路了，他还在一旁不停地问晨晨："接下来要怎么走？"

晨晨也是第一次来啊，每次杨树这样问，她的白眼就恨不得翻到天际去。无数次怀疑自己有一个假的男朋友，甚至脑海中还闪过"我一定要和他分

就是因为你长大了，

所以你再也不敢轻易开口说要一辈子了。

你再也不敢狠狠爱了。

年纪越小,考虑的事情就越少,

爱上一个人就越是容易和单纯。

手"的念头。

晨晨把蛋糕吃完后，握着咖啡暖杯走在街上，甜品的满足渐渐驱散了内心的愤怒，犹豫了几秒，晨晨还是自己打了车，回到了民宿。

02

回到民宿，敲门，不说话。杨树就知道是她，开了门，晨晨正眼都不瞧他。气呼呼地玩自己的手机，洗澡，整理衣服，闷头准备睡。还是杨树打破了沉默："一起出去吃东西要不要？"

晨晨继续端着，并不想跟他说话。

他继续说："这附近有家杭州菜在网上评价挺好的，一起去试试呗？"

一方面是美食打动了晨晨，另一方面是晨晨知道再生气下去好像也不会有什么好事。于是松口，但惜字如金故作冷冰："在哪儿？"

"就在我们住的附近，叫朴墅。"

他们去到朴墅，被告知餐厅已经打烊。转了几家西餐厅，也是如此。只好拐进巷子里去吃烤鱼。他出来转了一圈，告诉晨晨："旁边有家饮品店看起来不错，去挑吧，记得要买热饮，你不能喝冰的。"

晨晨一蹦一跳地从台阶上冲下来，要去买饮料。他还在身后嚷着："路滑，你慢点，别摔了！"

就这么简单的两句话，晨晨的心就被暖化了。那股矫情不见了，柔情像潮水慢慢袭来。

其实，杨树也没有晨晨想得那么"十恶不赦"。

他不喜欢旅行，只因晨晨的一句"我想去"，他就默默地陪晨晨来了。他念念叨叨，吵得要死，说这儿不好那儿不好，却还是会照做。晨晨埋怨他在旅行的过程中没有好好规划，却忘了他本来就是一个不爱出远门的居家男人。

晨晨难过时躲在被子里偷偷哭泣，杨树过来挠她痒痒逗她笑，晨晨怪他："我都已经这么难过了你还有心思玩闹？"他停了下来抱了抱晨晨，略带委屈地说："我只是想要逗你笑啊。"

晨晨在他人面前懂事明理，在他面前却时不时要耍性子，脾气一上来就不想和他说话，他总是不厌其烦地开口哄晨晨。

吵架了也不会把她晾在旁边，总会主动来找她言和，给她台阶下，一个台阶不下，他就给两个。两个台阶还不下，他会想尽办法再给晨晨第三个台阶。

在一起快五年了，也多亏了他这样博大的胸怀，总是包容晨晨小女孩般的性子。她进一步，他就退一步，从来不会对晨晨的生气不管不顾。

03

晨晨记得在盛夏的某一天，等公车时，注意到一旁的一对老夫妇，看起来他们已经等了很久了。

爷爷拄着拐杖，奶奶手里提着新鲜的食物，两人应该是刚去逛完市场回来，他们等的12路迟迟不来。爷爷说，不就两个站的距离嘛，走回去就好了。奶奶却坚持要等公车来。

爷爷见说服不了奶奶，就拄着拐杖往前走，还时不时地回头偷瞄，看看奶奶有没有跟上来。奶奶似乎料定爷爷不会抛下她一个人走，眼睛直勾勾地盯着公车的方向等待。

爷爷走了几米远，见奶奶没有跟上来，就折回去陪她继续等公车。

那一刻，晨晨分明看到了奶奶眼睛里都是料事如神的笑意，那都是对老伴的信任和笃定。

晨晨不由得捂嘴偷笑，看着一对老小孩斗，实在是有趣又有爱。晨晨几乎可以想象得到他们平时是怎样斗嘴，奶奶如何的被爷爷惯坏，爷爷对她又是如何包容和宠爱。

真爱一个人，多让一让她又有什么所谓呢？在爷爷的身上晨晨看到关于爱的包容的另一种诠释，我们有分歧的时候，你不愿退步，那我就选择让步，退回来跟你同路。

不管怎样，曾立下誓言要和你白头偕老，我就一定不会放你独走这人生路。

晨晨坐上公车，靠在窗边，望着仍在公车站旁等待的那对老夫妻，仿佛看到了自己和杨树的未来，不由得扑哧笑出声。

倘若我们能在这平凡人生中，遇到一个嘴上对你百般嫌弃心中却无限包容的人，吵吵闹闹相扶到老，也很美好。

手机扫一扫
听酒馆故事

你刚好丑成了我喜欢的样子 | 疯子

大春第一次在酒吧见到她的时候，用惊艳形容一点也不为过。五颜六色的霓虹灯打在她的脸上，曼妙身躯随着音乐缓慢地摇摆，她闭着眼睛站在舞台中央轻声吟唱。

坐在吧台上的大春盯着她看了许久，旁若无人一般地说了三遍"好看"才回过神来。

一起来的好友看出些端倪，便怂恿他上台跟她合唱，大春笑了笑没理他们，依旧目不转睛地看着她，仿佛已经魔怔了一般，只一瞬间，便被她迷得神魂颠倒。

麦子中场休息的时候，大春一个人跑去后台找她。保安拦着他不让进，把说话的音调提高了三倍，问他："你来找谁？"大春摸摸头说："来找我姐。"

保安说这里面都是小妹妹，赶紧走吧。大春从口袋里掏出自己的黄鹤楼，拿出一根烟递到他手里，点头哈腰对他说："你能不能行行好，帮我把刚才唱歌的那姑娘喊出来。"保安摆摆手说："小伙子，没戏，每天排着队问她要联系方式的人太多了，人家姑娘谁都不见。"大春不依不饶，再三恳求，抱着保安的胳膊左摇右晃，求他冲里面喊一嗓子，只要有人露面，哪怕不说话，自己也能美滋滋的。

保安拗不过他，扯着大嗓门喊了一声："麦子，有人找。"人确实是出来了，但不是见大春，而是因为又到上台的点儿了。

她推门出来的时候，跟站在门外的大春四目相对，但表情冷淡得很，权当大春是个隐形人，和他擦肩而过。大春可从来没被人这么冷落过，一直跟在她身后，反反复复地问她："我长这么大个儿你看不见我吗，刚才找你的人是我啊。"

她不吱声，任由他叽叽喳喳说不停。大春学保安叫她的名字："麦子啊，你走那么快干吗？"她突然停住脚步转过身来，大春站在离她半米的地方心怦怦直跳，麦子开口对大春说了四个字："离我远点。"

01

朋友们陆陆续续地回家了，大春一个人留了下来，坐在酒吧门口的台阶上，一根接一根地抽烟，看着火苗点燃又熄灭继而发出暗淡的光。

他不相信一见钟情，但他就是想跟她说说话。

麦子出来的时候已经是凌晨三点了，黑色连衣裙外面套了一个长外套，戴了口罩跟围巾，把她自己包得严丝合缝。

看见大春托着腮帮子若有所思的样子，心里突然升起一股暖意，于是走到他身边，用脚踢他的屁股，待他看向自己的时候，马上又把视线看向远方，然后开口问他："地上不凉吗？"大春憨憨地咧嘴笑，赶紧从地上站起来，小心翼翼地对她说："我可以送你回家吗？"

麦子答应了，但不让大春开车，他问她为什么，她说自己每天都要走回家的。大春说："那我以后天天来接你。"

我们总强调时间带来的所谓的习惯，所以忽略了爱情最本质的情感存在。

麦子问大春："你们男生撩妹子的那些套路，是不是每遇见一个姑娘都会用一次。"

大春连连摇头，义正词严地告诉麦子："我不是那种人。"

麦子笑了笑说："你这种人我见多了。"

大春真的像对麦子许诺好的那样，每天晚上都会赶着麦子下班的点儿去接她，然后两个人一起溜达回家。

期间都是大春在不停地说，麦子跟着附和，偶尔接上一茬，话少得很。她神情永远都冷淡，像是怀有心事，但对自己的过去从未对大春敞开心扉，大春也没有想过问她，因为他喜欢的就是此时此刻。

每天大春都充当护花使者的角色，站在麦子家楼下，看着她进了楼梯，两个人就这样在深夜寂静无人的街上，相互陪伴走了一个多月，直到迎来这座城市的初雪，麦子对大春说："你以后不要陪我了，太冷了。"

大春说："我不怕冷，我愿意陪着你。"

麦子问他："你喜欢我吗？"

大春愣在原地，不知怎么回答。

麦子突然就开始笑，然后拍了拍他的肩膀说："别害怕，我没让你负责。"然后转身自顾自地走远了。

大春看着她远去的背影，突然一辈子都不想让她一个人走夜路了，他追上去从身后很用力地抱紧了她。麦子没有挣扎，转过身来，把头埋进大春宽厚的胸膛中，小声念叨了一句："抱在一起就没有那么冷了。"

"从看你第一眼,我就觉得自己以后再也遇不见这么好看的女生了。"大春摸着麦子的头说。麦子嘴角微扬,但是大春没有看见。

02

大春跟麦子表白了,在麦子唱着那句"挥别错的才能和对的相逢"的时候,他冲上了舞台,夺走麦子手里的话筒,对她说:"麦子,我喜欢你。"

底下众人纷纷起哄让她赶紧接受,牵手拥抱这些词贯穿着整个室内,但出人意料的是,麦子没有拒绝也没有接受,一声不吭地跑下了舞台。

大春跟随她去了休息室,当初那个拦着他不让他进去见麦子的保安这一次没有再阻挡他,还好心给他们关上了门。

麦子来回不停地走动,表情里全是惴惴不安。

她说:"大春,我害怕。"

大春只是站着,不知道自己该不该走向前。

麦子告诉大春,有太多人对她示好然后离开,每次在自己鼓足勇气迈出那一步的时候,当初整天围在她身边说早安和晚安的人却不在了。

她不知道哪儿出了差错,于是就想,可能自己就是不值得被爱。有人背后说她是冰块脸,不会笑,觉得她难亲近,故而逐渐远离。其实那是因为自己已经习惯了防御戒备。但没有人懂。

大春听麦子说了很长时间的话,直到她说自己累了想回家了。大春给她递

一个人的小小酒馆

很难忘记,也很难重新开始了。
可是我们也都长大了,
不停地逼着自己向前看。
我倒是更想相信,
现在的我只是没遇到那个对的人而已,
而不是我再也爱不上别人了。

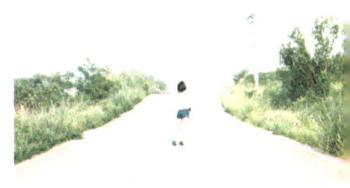

过去外套，然后说："我送你啊。"

两个人走在路上的时候，大春一步一步地向麦子靠近，然后牵起了她的手。麦子也用力地握紧那双手。

大春停了下来，然后看着麦子的眼睛说："我不会把你丢下的，信我一次吧。"麦子点点头，笑了起来。这是两个人认识那么久后，大春第一次见她笑，自己心里好像也开出了花。

03

对于缺乏安全感的人来说，接受和去爱其实都比想象的还要难。

好在大春像个爷们儿，没辜负麦子的深情和孤勇，把麦子一直捧在手心里，可劲儿地宠她，只是他偶尔纳闷，为什么她选择的是自己。比他有钱的，长得帅的人实在是太多了，在那些排着队想要跟麦子要联系方式的情敌面前，他普通渺小没有一丁点闪闪发光的地方。

"你喜欢我哪儿？"大春问。

"因为你丑啊。"

麦子没有告诉大春的是，因为他让她感到前所未有的踏实。她不想漂了，想靠岸了，而他的怀抱一直为她打开啊。

手机扫一扫
听酒馆故事

要么别爱我 要么只爱我 | KO

王小波曾这么浪漫地描述爱情:"一想到你,我这张丑脸上就泛起微笑。不管我本人多么平庸,我总觉得对你的爱很美。"

看着华子认认真真地把这句话写到笔记本的扉页上时,我才发现这个平时沉默寡言,话不多说的大男孩,在心中竟也裹藏着爱恋他人的无限柔情。

而这个他人不是别人正是公司的同事毛毛。

毛毛的性格跟她漂亮的外表一样,坦露得张牙舞爪。平时大大咧咧,率真直爽的她自然也成了公司上下的聚光点。

华子和毛毛除了见面时的点头之交外,平时就是八竿子打不着的关系。再加上华子素来沉稳内向,不太爱交际,自然谁也想不到华子会喜欢上毛毛。

对于华子这份隐秘爱恋大吃一惊的,不止是我们这些摸不着头脑的围观群众。毛毛身为当事人就更加讶异得说不上话来。但是华子热烈的告白却又赤诚无误地宣告着,自己喜欢毛毛的实情。

"毛毛,我……我喜欢你,做我女朋友吧。"华子拦住了毛毛下班的路,羞着通红的脸颊说。

平时默默无闻的人，爆发出来的样子最是一鸣惊人。全场人也被这突如其来的告白之势燃起了助威撮合之心。在众人的喧闹声中，女主角毛毛才慢慢地反应过来。

"但……但我有喜欢的人了。"毛毛顶着华子赤烈的目光给了他沉重不堪的一击。

01

办公室的绯闻轶事最是甚嚣尘上。华子表白毛毛遭拒绝的传闻很快就在众人细碎的闲言中流传开来。毛毛向来是办公室里风风火火的人物，这一遭传闻便更成了众人津津乐道的话题。

"毛毛拒绝华子是不是因为瞧不起他啊……"

"听说，毛毛喜欢的人是公司的项目主管，老周……"

"是啊。他俩走得那么近，说不定毛毛就是想高攀老周呢……"

流言向来滑稽可笑，但它却以其独树一帜的荒谬引得众人评头论足，人云亦云地游走在办公室的每一个角落。很快，便传到了华子的耳朵里。

我看着华子好一阵失落的样子，下班后就带着他去了街口的那家酒吧。我晃着手上的酒杯，试探性地问华子传言的真假。"怎么可能！她绝对是个不折不扣的好姑娘！"

酒吧的灯光忽明忽暗，华子掷地有声的话音把我从周遭光怪陆离的环境中

在追求真爱的道路上,不留遗憾才是真理。

打了一个清醒。他狠狠地瞪着我，眼神里是我从未见过的坚定。

"你还喜欢毛毛吧？"

华子没有吭声。他扭过头不看我，咕咚咕咚满满地又灌进了一大杯酒。

不过想想也能知道答案。他执着成一个一往无回的苦行僧，在这条无人知晓的寒夜长路，即使明日遍体鳞伤，他也在所不惜。

我觉得困惑，华子究竟喜欢毛毛什么呢？

其实估计连他自己都说不清楚。人们常说情不知所起，所以才一往而深。就像恋人们常挂在嘴边说的那样，究竟爱对方的是哪一点，又如何能说得清所以然。只知道是爱了。

是她漂亮的外表，还是大大咧咧的性格。她开心时扬起的嘴角，难过时低垂的泪眼，总之只要是关乎她的一切都让华子牵肠挂肚。

酒吧的喧闹声把我的脑袋震得一阵疼痛。在酒意隐隐上头前，我起身准备离开。本想带着华子一起离开，但想想也还是作罢了。

你永远都叫不醒一个装睡的人，也永远阻止不了一个想买醉的人。

02

办公室的传闻愈演愈烈，毛毛这头自然也深受其害。虽然正如传闻猜测的那样，她喜欢的人确实是老周，可是她秘而不宣的心事如今遭人肆意揣度，还沦为了上位升职的阴谋论，她心里甚是堵得慌。

对于华子她也总有一种说不清的愧疚。痴情错付的感觉她也深有体会，把一腔温情寄托在不爱自己的人身上，大概是一阵寒彻心脾的失望。

世间造化真是弄人，你爱她，她爱他。偏偏就是没爱上那个该爱的人。

毛毛循着微凉的夜色独自一人来到街口的酒吧。酒吧如常，灯红酒绿。毛毛的指甲在杯子的壁沿一圈一圈地划弄着，烦闷的情绪也一圈一圈地在心头打转。

身边不时有几个陌生的酒客，循着微醺的酒意试着勾搭独自喝闷酒的毛毛。毛毛迎合了几句，不过几杯下肚竟有些厌倦了。

夜色正浓，酒深入肠。毛毛推去了酒客的热情，趁着酒吧里的喧闹嘈杂退去之前，起身离开了酒吧。

正当毛毛捂好衣襟准备快步离开时，看到一个蹲在路边喝得东倒西歪的人，那个人看起来怎么这么像华子。

那一瞬间毛毛觉得是不是自己酒醉有些上头了，不然怎么会谁的面目都看不清。本来不想多事，可定睛一看才发现，那人真的是华子。

平日里少言寡语的华子天然带着种不怒而威的气场，毛毛也是第一次见到华子酒醉失态的样子。

毛毛急忙开口问着怎么回事。但华子嘴里含混着几句话，始终让毛毛听不清他到底说了什么。

是啊，醉成这样的人，也顾及不上他到底说些什么了。毛毛一手扶着华子，另一手拿着华子的公文包，小心地搀着酩酊大醉的华子往路口走去。

华灯初上的街头不比酒吧的嘈杂喧哗，初冬的微凉弥漫在清冷的街上。

终于叫上了一辆计程车，毛毛轻手把华子塞进车内，看着华子酒意未消的样子，她还是上了车决定把华子送回去。

03

车子驶得飞快，窗外的灯火连成了一条条明暗相接的线条，快速穿行在夜色中。华子嘴里依旧是那几句让人听不清的嘟囔。

冷风不知道从车里的哪个缝隙吹来，华子像个孩子似的紧紧凑着身边的毛

毛,把头靠在了她的肩上。

车子拐过街口时,来了个大转弯,华子的公文包抖落了一地。毛毛斜过一侧的身子,慢慢捡起了散落在地上的华子的笔记本。

笔记本的扉页敞着,写着华子抄录的那句:"一想到你,我这张丑脸上就泛起微笑。不管我本人多么平庸,我总觉得对你的爱很美。"

毛毛想起华子拦着她下班,红着脸表白的样子,一瞬间心头涌起了万分的心疼。

华子喃喃地说着:"若有个可能,真希望你爱的是我。"

故事的后来,毛毛因为实在忍受不了周围的流言蜚语,索性离了职。一切也都因此而逐渐归于平静。华子依旧是那个沉默少语的华子,只是总见他一个人去街口那家酒吧。他说他总能想起那天晚上迷人的夜色和那个陪着他的女孩。

后来的好几年,华子的笔记本一直在变化,但扉页上总会留着那句:"一想到你,我这张丑脸上就泛起微笑。不管我本人多么平庸,我总觉得对你的爱很美。"

听闻人世自有千重苦,但最苦永远不是命中注定的那重,于你,偏是我命中自找的这一重,于是才是最苦。

手机扫一扫
听酒馆故事

饮最烈的酒 放最爱人的手 | 啊李

再次跟沈同见面的时候已经是一年后的冬天,他的胳膊被另一个妆容精致的女人挽着。

程子青打死也没有想到有一天他们会以这种方式偶遇,在零下4℃的济南,程子青周末不用再去老板的工作室加班,睡了一个很难得的懒觉,觉得幸福感爆棚,饿了一天,却也不想再窝在屋子里点外卖,就随意披了羽绒服穿着棉拖,蹦跶着跑到楼下点了份麻辣烫吃了起来。

然后就碰到了世间最尴尬的事——遇见前男友。

程子青正酣畅淋漓地吃串的时候,一个女人的声音由远到近地传过来:"你看那个女人,真是不讲究,穿得松松垮垮的就坐在路边摊吃东西……"

正咬着鱼豆腐的程子青听到这段话的时候心里想:"妈的,老娘吃个饭还能被歧视!"刚想抬头怼她一顿,入眼的却是她一年前"失踪"的前男友。

四目相对,陷入了无言的沉默……

沈同抿着嘴没有说话,女人看到他们像是认识一般,娇声问:"怎么啦?难道认识吗?"沈同宠爱的眼神看着女人说:"哦,没有,是我看错人了。"

程子青觉得那一幕又刺眼又扎心,最喜欢吃的鱼豆腐也味同嚼蜡了,轻笑道:"还真他妈的冤家路窄啊。"

起身，两个黑洞一样的眼珠死盯着沈同和他旁边的女人，一字一句地说："走开，好狗不挡道。"然后懒得看两个人的表情，大摇大摆地走回了家。

01

回到家里，程子青鼻子忍不住一酸，再坚强的心也在遇到沈同之后开始慌乱起来，还是想哭。

往事一幕幕重新浮现在脑海中，程子青使劲摇摇脑袋，想试图摆脱这种感觉，然后像泄了气的皮球一样趴在床上出神。

小嘟嘟好像是饿了，跑到主人面前使劲地喵喵叫，程子青摸了摸它的头，叹了口气说："忘了你啦，小东西，等会儿就给你弄吃的。"猫咪像听懂了一样舔了舔主人的手指打着哈欠优哉地走开了。

当个小动物真好，没有感情的困扰、工作的压力，每天只有吃吃喝喝睡睡。想到这里，程子青又不觉自嘲，自己怎么跟个几岁孩子一样，想法这么天真了。

小嘟嘟是沈同离开后领养的小猫，如今距离分手一年了，它也有一岁了，想起分手的原因，沈同当初撂了一句："子青，我们的性格不太合适，还是算了吧。"然后就人间蒸发了一样没了人影。

两个人是在大学聚会上认识的，相处了一年多，沈同还是喜欢爱打扮爱黏着他的女孩。

两个人当初在一起的时候沈同也曾经对她认真过，他会买她喜欢吃的零食送给她，她也曾试图为了他改变自己的样子。

但在程子青发现他跟自己交往的同时还跟其他女孩在微信里暧昧，还没来得及问清楚沈同怎么回事的时候，他就抛下了那句话不了了之，程子青当时完全不敢相信一个人竟然可以绝情到这种地步。

02

闺密知道这件事，气不打一处来，抵着子青的脑门叹气说："程子青，你脑子是被驴踢了吗，他这算是劈腿！你就应该找到他狠狠地骂他一顿，甚至……甚至……打他一顿，闹到他见不了人！"

说到后来，闺密也觉得这样真的没什么意思了，于是抱着子青又安慰又心疼……

子青也不是没有过报复的心理，报复过后也并没有真的解脱。她摸了摸自己的脸，嗯，肉嘟嘟的确实不够瘦。摸了摸自己A罩杯的胸，嗯，确实没那个女孩的大。子青就觉得一定是因为自己身材不够好、不够漂亮、不够温柔体贴才失去了沈同……

失恋的人总是这样，反反复复品味恋爱的细节，觉得自己不够好又觉得不甘心，一遍一遍往自己伤口上撒盐直到伤口彻底结痂。

但爱过的人都懂：即使没了伤口，但那份被伤的感觉会依然在，直到遇到下一个对的人才会渐渐减弱。

当时的沈同，他的许诺也许是真心的，但时间确实是见证人心的，谁也不知道下一秒就会爱上谁，离开谁。有时候程子青甚至会怀念刚认识的那个沈同，彼此真诚还带着坦然。

可是啊，小伙子已经不是当初的沈同了，自己也不是当初的程子青了，就算是他不仁不义，子青也没去追问挽留，两个人在感情上居然也势均力敌。

电影《这个杀手不太冷》里，13岁的马蒂尔达对第一次爱上的里昂说："我要爱，或是死。"那个年纪的爱是冲动与无畏。

03

可一年后的子青也知道，成年人的世界里再没有青春期荷尔蒙的那份纯真与冲动，不爱则散，过得好不是我的功劳，不好也跟我无关。

想起刚才发生的这一幕，子青的脑袋也清醒了许多，至少那句痛痛快快的"好狗不挡道"让她发泄了一把，也算是两清了。彼此之间也再无瓜葛，这一年不管外在还是内在的改变都让她确确实实地感觉到踏实，她想，也许这是一场成长呢。

猫咪看到主人起身开心地叫了起来，子青笑着："鬼东西，这就去给你弄饭啦。"

想通了的子青觉得自己好像了却了一件大事，心中也无风雨也无晴，明天依旧是元气满满的一天。给猫咪喂好饭也就沉沉地跟周公约会去了……

一段感情能让自己真正成长起来也不失为一种难能可贵的经历。后来，我们都在成长中懂得，日子是过以后，不是过以前，我们要学会能够正视自己的生活，把更多的精力用来经营美好的自己，你变得更美好更美丽，生活也会跟着更加美好起来。

手机扫一扫
听酒馆故事